和国成立后，才开始了人民治黄事业的新纪元。

1952 年 10 月，毛泽东在罗瑞卿、滕代远、杨尚昆、李烛尘、荣毅仁等陪同下，利用中央批准他休息一周的时间，沿黄河下中游而上，对山东、河南和原来的平原省境内最容易泛滥和决口的地方，以及防汛、引水灌溉等建筑，进行了深入的巡访调查。

10 月 27 日 15 时，毛泽东在许世友和山东省、市委主要领导的陪同下，巡视了山东黄河在历史上频频决口泛滥的地段泺口。

毛泽东下车后，省委的领导立即向毛泽东介绍说："泺口又名洛口，因为古泺水而得名，在济南市北历县境内，山东名泺，幽州名淀，泺与泊通，所以梁山泊也叫梁山泺。泺水源出济南市西南，北流至泺口入古济水也就是今天的黄河水道。"

省委领导对毛泽东说："历城北部沿黄河地区，是一段狭长的地带，其东西长 104 华里，南北宽 3 至 5 华里，有耕地面积 25 万亩，包括以泺口为重点的吴家堡、西沙、药山、新城、鹊山、华山、卧牛、坝子、娄家、河套、杨史道口、鸭旺口等 15 个小乡的十几万群众生活在这里。"

省委领导接着说："自古以来，由于黄河的泛滥、变迁、改道，致使泺口一带的河底淤高，地下水位上升，再加上汛期南部山洪下泄，小清河排泄不及顶托倒灌，使这里 15 万亩土地越变越坏。历城旧县志已有'野生碱卤，地尽不毛'的记载。"

确实如此。黄河水患历来甚重，直至新中国成立前，这里还流传着反映黄河水患的一首歌谣：

春天一片霜，夏天明光光。

豆子不结荚，地瓜不爬秧。

听到这里，毛泽东说："黄患，把这里的人民搞得太苦了！"停了一下，毛泽东又问："济水源出何地？"

山东省委领导说："据汉书《地理志》和《水经注》记载，济水自河南荥阳以北，分黄河东出，流经原阳县南、封丘县北，至山东定陶县西，折东注入巨野泽。又自泽北经梁山县东，至东阿旧治西，自此以下至泺口，就归入了现在的黄河河道。"

毛泽东接着问："泺口从古以来就常常淤断吗？"

省委领导回答道："对，是这样的……金代以后，自汶口至泺口一段遂成为以汶水为源的大清河。《春秋·桓公十八年》：'公会齐侯于泺'，南宋初，伪豫堰泺水东流。因此，自堰以东，就形成了最容易泛滥的地段。自古至济南解放前，这里曾经发生过数不清的屡淤屡断、屡断屡疏的情形。甚至还发生过决口以后，连续七八年到二十多年都堵不住的灾难。为了制止这种恶性循环，我们在此修了堵大坝。"

毛泽东听到这里，他面向泺口，凝视着奔腾下泻的黄河水势，甩开许世友独自在堤坝上走来走去地思考着。

许世友走过去问道："主席，您在想什么？"

毛泽东说："我想，用引黄河水的办法，把那首民谣中所说的'一片霜、明光光、不结荚、不爬秧'的十几万亩卤碱地，改成稻田种水稻，变害为利行不行？"

许世友高兴地说："好极了，给他们说说去。"许世友将省、市委的人们招呼过来。

毛泽东说："历县泺口，自古以来的黄河道，屡次淤断，屡次修复，自从你们修了这堵大堤坝以后，那种在历史上屡淤屡断、屡断屡疏的恶性循环不见了。这样的事情，只有我们共产党人才能做到。如果用引黄河水的办法，将泺口这一带的十几万亩卤碱地，改为稻田就更好了。"

省、市委的领导们说："我们一定试试看。"

10月29日14时，黄河水利委员会主任王化云、副主任赵明甫，河南省黄河河务局局长袁隆等，带着为解决黄河下游的防洪问题兴修"邙山水库"的全部计划，来到了开封中共河南省委会议室里，将根治黄河计划示意图钉到了墙上，准备向省委汇报。

在这时，他们突然听说中央领导要来开封，于是回机关后立即将《黄河形势图》《邙山水库图》及有关重要资料都找了出来。

袁隆又想到："中央领导既然要看兰封黄河，很可能还要看开封黄河。"于是，他急速给开封修防段张金斗也打了一个招呼。

10 月 29 日 17 时，毛泽东一行从山东出发，经江苏的徐州市进入河南兰封县境。

省委书记张玺对下车的公安部部长罗瑞卿说：“我们今天想请毛主席到开封去。”

罗瑞卿说：“这个不必提了，主席怕打扰，原来不让通知你们，但经我们商量后，还是临时告诉你们一下好。主席今天在徐州游了黄河大道和云龙山的文化古迹，很疲劳，想休息，今晚不见你们喽，明天早晨，请你们来这里就餐。”

当夜，王化云对袁隆说：“毛主席来了，他来视察黄河，明天先看东坝头，你是河南黄河河务局长，由你向毛主席汇报河南治黄情况；全河的情况，由我来汇报。”

30 日早晨 7 时，距专列一二里处有个小山村，正是清晨，薄雾正在消散，农家炊烟已袅袅升起，鸡犬之声偶有耳闻。踏着晨露，毛泽东向小村走去。

打谷场上有老少两人，都穿着北方农民那种黑夹袄，像是父子。他们知道来人是“大干部”，但没有认出是毛主席。

毛泽东和他们交谈起来，问道：“今年收成怎么样？”

年轻的庄稼人脸上露出笑容说：“还行。”他把夹袄折得更紧些，早晨有些凉。

老些的农民回答说：“这里土不行，盐碱地多，有的庄稼长不好，收成也不好。”

毛泽东又问："够吃吗？"

他们说："还行。解放了，劳动为自己，只要精耕细作，口粮准够。"

毛泽东顺口说道："要改造盐碱、低洼地，粮食产量一定能提高。"

老些的农民听得认真，有些不信："能行？"

毛泽东肯定地说："能行。"而后向农民简单通俗地讲解了治沙、治盐、治碱的办法。

两个农民颇为惊奇地注视着面前这个说湖南话的人，不住点头。但说到最后，毛泽东还是离开"具体"，说出面对全国农民的话："要靠农民组织起来，生产形式要大些，才能解决农田改造的工程。"

也许两个农民始终没有或者很快就知道对他们说话的是谁，但那一刻，他们的脑子里转的更多的还是翻淤压碱、造林固沙的细节。他们不由得想：穿制服的"大干部"也懂庄稼活？

握手之后，毛泽东迈着大步走过打谷场，朝一个土山坡走去。土坡上面是块平地，住着几户人家。

毛泽东一掀那块打着补丁的棉布帘子，一猫腰就钻了进去。

屋里黑洞洞的，从外面进来，好半天才看清里面是个大土炕，还有锅台。在锅台原先贴灶王爷的地方，贴上了一张挺新的毛泽东像。看得出，这肯定是个翻身户。

毛泽东在屋里唯一的一张长板凳上坐下，和坐在炕上低头脱玉米粒的老太太聊起来："你家里的其他人呢？"

老太太头也不抬地回答着："儿子当兵去了。"她手里不停地脱着玉米粒。

毛泽东接着问："还有什么人呢？"

"老头子一早起来，就去赶集啦。"

"打得粮食够吃吗？"

"打得不多，盐碱地不爱长。"

看来女主人不善谈，眼睛也没离开过她赖以生存的玉米棒子。

毛泽东抽完一支烟就告辞了。

出了黑屋，毛泽东又顺着原路下坡，李银桥和另一位副卫士长孙勇急忙过来搀扶。

就在下坡的当口，从背后突然传来一声吆喝："毛主席，您来啦！"

众人一惊，都回头去看：原来是一个瘦高个儿的老年妇女，站在土坡边沿，情绪有些激动地朝着这边张望。那一声喊，颇有些情不自禁。

毛泽东也驻足回首，脸上露出笑容。他干脆回转过身，向老人上下摆了摆手。

老人看清了打招呼的人，快活地扬起双手，脸上满是笑。忽然她又说了一句话，把大家都带进云里雾里："毛主席呀，斯大林来了没有哇？"她像在说，又像在问。

人们愣了一下，包括毛泽东在内，都哄堂大笑起来。

看来，在当时许多与外界联系不多的乡村里，总是把毛泽东的名字与斯大林的名字联系在一起。

罗瑞卿笑够了，冲大家说了一句："哈，这位老太太还真有点国际主义精神哩。"

于是人们笑得更响了。

毛泽东从农家回到专列，而后就餐。突然间，他又移动位置，来到了王化云的对面，对他问道："你叫啥子名字？"

"王化云。"

毛泽东接着问："你是啥子时候做治黄工作的？过去做啥子工作？"

王化云说："过去在冀鲁豫行署工作，1946 年 3 月到了'黄委会'。"

毛泽东笑着说："化云，变化为云，再化而为雨，这个名字好。半年化云，半年化雨就好了。"

就餐后，毛泽东进入会客厅，先就一些问题让大家谈了看法。然后，毛泽东说："你们河南的抗美援朝、土地改革就谈这些吧，我在北京就听邓子恢同志讲，河南这几年工作搞得是不错的喽。下面主要应谈谈对黄河治理的事情，黄河的事办不好，我是睡不着觉的……这是中心问题，我想听一听这几年在治理黄河的问题上，对黄河下游修堤、防汛，上中游水土保持，干流查勘、调查，特别是修建三门峡水利枢纽工程和龙羊峡发电站……都有些啥子打算？"

张玺说:"主席要了解更详细的情况,恐怕我们谈不清楚,是不是请黄河水利委员会的同志来汇报?"

毛泽东说:"好、好,还是请你们那个'黄河'来说最好。"

随着毛泽东的询问,王化云开始滔滔不绝、有问必答地汇报起来……

11时10分,毛泽东的专列将至兰封黄河大堤里,王化云报告说: "主席,东坝头到了,今天暂时谈到这里吧。"

毛泽东看着王化云说:"三门峡这个水库修起来,把几千年以来的黄河水患解决啦,还能灌溉平原的农田几千万亩,发电100万千瓦,通行轮船也有了条件,是可以研究的。"

毛泽东随即赴兰封县黄河大堤东坝头巡视。

这里的堤段宽阔,堤面上堆了许多备用的土方。防汛人员正在检修堤坝,民工们三三两两在抬土、打夯。有几个技术人员手持一根几米长的钢棍,正向堤面深部刺下去。

毛泽东不解,问治黄负责人:"他们这是在干什么?"

治黄负责人立即招呼一位工程师模样的技术人员过来:"你给毛主席汇报一下,这是在干什么。"

这位技术人员有些紧张,一边模仿打洞的动作,一边报告说,这是在探鼠洞。因为鼠洞是黄汛期决堤的重大隐患,如果鼠洞多了,洪水一来,灌进鼠洞,堤面就会软化下塌，导致决堤。看来这不是件小事。

毛泽东更加详细地询问："怎么个检查法呢？"

技术人员又就近招呼一个正在探洞的工人过来，接过钢棍给毛泽东做示范，边做边说："我们用双手将钢棍向下刺去，提拉一下，如果遇到鼠洞，就有空空的感觉，这样来回地刺……"

毛泽东兴趣不减地问："知道有鼠洞，又怎么办呢？"

探洞工人说："有鼠洞我们就将钢棍刺入的洞搞大，暴露鼠洞，然后把水泥浆灌进去，让它填满。这样来不及逃走的老鼠就会被浇固在洞里，水泥一干，也就加固了堤坝。"

毛泽东说："好，我来试试。"说着，他从技术人员手中接过钢棍，把袖口一卷，就试了起来。

看来这个活并不费力，不到两分钟，毛泽东就在堤坝上打了一个洞，有 1 米多深。

毛泽东提拉几下："可以，这个办法简便易行。"他表扬了技术人员。

技术人员满脸泛红，说话也自然多了："这是我们的小小发明，别的地区还来我们这里取经呢。"

毛泽东站在东坝头的堤岸上，向对岸张望，用手指了一下，问身旁的人："那是什么地方？"

那人回答说："那是西坝头。"

来此之前，毛泽东看过有关黄河的历史资料，这时他问道："清咸丰年间，清政府为了对付太平军是在哪决

决策领导

口的?"

治黄领导肯定地说:"就在这东坝头。"

毛泽东到达开封,转乘汽车来到了柳园口。

他站在堤岸上,向远处眺望,隐约可见的开封古城尽收眼底。而这里河道的水平面竟与开封铁塔处在同一水平位置。这就是著名的"悬河"。

防汛人员讲,此处堤段如果决口,水的落差有 10 米之巨,黄河如在此决口,那整个开封古城将被埋在滚滚黄水之中。

黄河是一条四季分明的河,基本上是夏涝冬枯。而秋风秋雨之时,无数文人墨客会聚此一吟愁绪。

此时的黄河惊心动魄。它在咆哮,在疯狂,一股脑向人间发泄着。看着滚滚黄流奔腾而下,毛泽东自然想到古人,随口吟诵道:"黄河远上白云间……悬河原来如此。"

陪同的治黄负责人向毛泽东介绍说:"这里是黄河防汛最重要的地段。新中国成立后,还没有发生过大的险情,我们也绝不会让它重演历史上的惨事!"

毛泽东看见这里防汛人员的住处就建在堤坡上,大有与河堤共存亡之势,信服地点点头。他又问道:"历史上,这段黄河在最大洪峰时,流量是多少?"

陪同的领导说出一个巨大的数字后,又补充道:"清王朝时,有个民谣,描述过一次大洪水的情况,'道光二十三,洪水涨上天,冲走太阳渡,捎带万锦滩!'可见洪水之大。"

毛泽东倒背着手，不再言语。秋风轻轻掠过他的黑发，吹起他眉间的一层层忧思。

黄河是一条母亲河，又是一条忧患的河。千百年来，它从中上游的黄土高原出发，将十几亿吨的泥沙携带而下，许多泥沙淤积下游河床，形成高于地面的悬河。黄河经常改道，洪水泛滥所至，北到天津，淤塞破坏海河水系，南至淮阴，淤塞破坏淮河水系。

多少代炎黄子孙，曾将根治的目光投向它，而最终都落得个摇头叹息，无能为力，它可以称得上是世界上最难治理的河了。

思绪之间，毛泽东再次将目光投向黄河。其实，毛泽东这次，也是第一次离京，要巡视的就是黄河。

10 月 31 日，在离开开封时，毛泽东发出了号召：

要把黄河的事情办好。

毛泽东经过 7 天对黄河的巡视，使黄河治理规划由原来的《黄河水利规划》提高到了《黄河综合治理规划》的水平，这为中共中央政治局讨论全面治理黄河的"规划"和提交第一届全国人民代表大会二次会议作出《黄河综合治理规划》的决策，做好了充分准备。

1953 年 2 月 15 日，毛泽东起程去南方巡视，主要去视察长江，并顺路到郑州看一看黄河的情况。

专列开动后，毛泽东看着图纸上的三门峡，问随行

决策领导

的黄河水利委员会主任王化云：“三门峡水库修起来，能用多少年？”王化云说：“如果黄河干流 30 个电站都修起来，总库容占 2000 亿至 3000 亿立方米，这样算个总账，不做水土保持及支流水库，也可以用 300 年。”

毛泽东笑了：“300 年后，你早就有重孙子了。”说得王化云也笑了起来。

毛泽东呷了口茶，又问：“修了支流水库，做好水土保持能用多少年？”

王化云说：“用 1000 年是可能的。”

王化云是极力主张修大水库的，他很希望毛泽东此时能拍板定下来。

但毛泽东在大事上是谨慎的，在没有弄清利弊关系之前，他不会轻易拍板。

毛泽东问：“那么 1050 年怎么样呢？”

“这……”王化云搔起头发。毛泽东的提问令王化云始料不及。他脸上红了一下，说：“到时候再想办法。”

毛泽东发出一种胜利者的笑声：“恐怕不到 1000 年就解决了。”

他抽着烟，思路又回到现实，问：“三门峡水库定了没有？”

王化云回答：“还没有定。”

毛泽东又问：“三门峡水库有四个方案，你认为哪个最好？”

王化云说：“修到 360 米这个方案最好。”

毛泽东接着问："那么多移民往哪里移?"

王化云回答："有的主张往东北移，那里土地肥沃，地广人稀；有的主张往海边或者绥远移；有的则主张就地分散安置，不一致。"

毛泽东问："你主张移到哪里?"

王化云说："移到东北去，对工农业以及国防都有好处，就是多花点钱我也主张移到东北。"

毛泽东将视线移到图纸上，盯着三门峡的位置看了许久，说："我再问你，三门峡水库修好后，黄河能够通航到哪里?"

王化云回答："能通航到兰州。"

"兰州以上能不能通航?"

"目前还没有考虑。"

毛泽东再次陷入沉思……

1954 年 2 月的一天，毛泽东由南京回北京的途中，为检查指导《黄河综合治理规划》问题，特地留宿在郑州北站的专列上。

这天下起了漫天纷飞的鹅毛大雪，不一会儿，就铺天盖地把大地上的一切都覆盖起来。

毛泽东在这里听取了赵明甫对于《黄河综合治理规划》和水土保持工作的汇报。结束时，毛泽东指着《黄河综合治理图》对赵明甫说："这图是否可以给我?"

赵明甫说："欢迎主席审阅。"然后就将图交给了毛泽东。

决定建设小浪底电站

1955 年 7 月 5 日下午，中华人民共和国第一届人民代表大会第二次会议在北京中南海怀仁堂开幕。国务院副总理邓子恢代表国务院在会议上做了《关于根治黄河水害和开发黄河水利的综合规划的报告》。

两个月前，国务院和中共中央政治局讨论研究了黄河规划问题。中央认为，这个规划虽然还只是一个轮廓，它的具体工程和项目中的许多地点、数字还有待于进一步研究确定，但是它的原则和基本内容是完全正确的。并决定提交即将召开的第一届全国人大二次会议讨论。

同时，又决定由国务院副总理邓子恢代表国务院在第一届二次人民代表会议上做了《关于根治黄河水害和开发黄河水利的综合规划的报告》（以下简称《报告》）。

在第一届人民代表大会第二次会议上，邓子恢在《报告》中说：

> 我们的任务就是不但要从根本上治理黄河的水害，而且要同时制止黄河流域的水土流失和消除黄河流域的旱灾；不但要消除黄河的水旱灾害，尤其要充分利用黄河的水利资源来进行灌溉、发电和通航，来促进农业、工业和运

输业的发展。总之，我们要彻底征服黄河，改造黄河流域的自然条件，以便从根本上改变黄河流域的经济面貌，满足现在的社会主义建设时代和将来的共产主义建设时代整个国民经济对于黄河资源的要求。

《报告》明确了治理黄河的任务、方针、方法，以及按照当地具体情况选择采取的一系列措施。

邓子恢最后说：

在全国工人、农民、知识分子的一致支持下，在苏联的慷慨援助下，我们一定能够征服黄河，征服长江和其他河流，使它们为我国人民的利益服务，为我国人民的伟大的社会主义事业服务！

7月30日，第一届全国人民代表大会第二次会议在热烈的掌声中一致通过了《关于根治黄河水害和开发黄河水利的综合规划的决议》，批准了黄河综合规划的原则、基本内容及近期实施计划。

在《关于根治黄河水害和开发黄河水利的综合规划的决议》中，决定在黄河干流由上而下布置46座梯级，小浪底是第40个梯级，为径流式电站。

国务院批复小浪底工程

1975 年 8 月，山东省、河南省、水利部联合提出《关于防御黄河下游特大洪水意见的报告》（以下简称《报告》）给国务院。

《报告》提出：

> 为防御下游特大洪水，在干流兴建工程的地点有小浪底、桃花峪。从全局看，为了确保下游安全必须考虑修建其中一处。

早在 1955 年通过的《关于根治黄河水害和开发黄河水利的综合规划的决议》中，三门峡以下有任家堆、八里胡同、小浪底 3 个梯级，小浪底是以发电为主的径流式电站。

1958 年 8 月，三门峡至花园口区间出现暴雨，小浪底水文站实测洪水为每秒 1.7 万立方米，黄河堤防多处出险，沿黄军民 200 万人上堤抗洪。

周恩来亲临郑州指挥，这场洪水使他认识到：仅靠三门峡水库不足以保证黄河下游的安全。

三门峡水库 1960 年 9 月首次蓄水，1961 年 2 月 9 日坝前最高水位达 332.5 米，回水超过潼关段河床，平均

淤高 4.3 米，致使渭河排水不畅，两岸地下水位抬高，河水浸没农田，危及关中平原的安全。

国务院决定，自 1962 年 3 月起降低三门峡运用水位，将水库运用方式由"蓄水拦沙"改为"滞洪排沙"，后进一步改为"蓄清排浑"。对三门峡水库运用方式的调整，使其拦蓄三门峡以上洪水、泥沙的能力降低。

1958 年至 1970 年的黄河规划对三门峡至小浪底区间三级、二级、一级开发进行了比较研究。

三级梯级开发方案，任家堆、八里胡同、小浪底均为低坝，有效库容约 5 亿立方米，虽然造价相对较低，但不能满足防洪、防凌、减淤、供水、发电等开发任务要求。

两级开发方案，即小浪底中坝方案，加任家堆径流电站。

小浪底拦沙库容只有 10 亿立方米，对减少下游淤积作用不大，在防洪上，小浪底蓄洪水位需抬高到 240 米，淹没任家堆尾水位 10 米，才能取得 36 亿立方米的防洪库容，防洪运用没有余地；在投资方面，两级开发方案略大于一级开发方案。

一级开发方案，即小浪底高坝方案，可以较好地满足防洪、防凌、减淤、供水、发电的需要，同时，在工程技术方面，小浪底中坝与高坝没有显著差别。

1975 年 8 月上旬，淮河发生特大暴雨。经气象分析，这场暴雨完全有可能发生在三门峡至花园口区间，使黄河产生每秒 5 万立方米的特大洪峰。

三门峡以下大洪水并没有有效控制措施，而小浪底是三门峡以下唯一能够取得较大库容的坝址。因此，小浪底水库成为防御黄河下游特大洪水的重要工程选项。

在河南省、山东省和水电部联合向国务院报送《关于防御黄河下游特大洪水意见的报告》之后，1976 年 5 月 3 日，国务院作出批复：

原则上同意两省一部报告，可即对各项重大防洪工程进行规划设计。

1980 年 11 月，水利部对小浪底、桃花峪工程规划进行了审查，决定不再进行桃花峪工程的比较工作。

小浪底在黄河中下游防洪规划中的地位，就这样被确定下来。

1981 年 3 月，黄河治理委员会设计院完成《黄河小浪底水库工程初步设计要点报告》，确定枢纽开发任务为防洪、减淤、发电、供水、防凌。

报告确定，工程等级为一等，水库正常高水位 275 米，设计水位 270.5 米，校核洪水位 275 米。拦河坝为重粉质壤土心墙堆石坝，坝顶高程 280 米。总库容 127 亿立方米，坝址为 III 坝址。

水库初期采取"蓄水拦沙"运用，后期采取"蓄清排浑"运用。电站装机 6 台，单机容量 26 万千瓦。

此后的历次设计修改均脱胎于此方案。

1979 年，水电部为解决小浪底工程泥沙及工程地质问题，聘请法国的柯因·贝利埃咨询公司对工程的设计进行咨询。

柯因公司认为小浪底工程的泄洪、排沙和引水发电建筑物的进口必须集中布置才能防止泥沙淤堵。

1984 年 9 月至 1985 年 10 月，黄河治理委员会与柏克德公司进行小浪底轮廓设计。

轮廓设计确定了以洞群进口集中布置为特点的枢纽建筑物总布置格局，提出导流洞改建孔板消能泄洪洞，按国际施工水平确定工程总工期为 8 年半。

小浪底工程的复杂性在于工程泥沙问题和工程地质问题。小浪底工程控制几乎 100% 的黄河泥沙，实测最大含沙量为每立方米 941 公斤。

坝址有大于 70 米的河床深覆盖层、软弱泥化夹层、左岸单薄分水岭、顺河大断裂、右岸倾倒变形体、地震基本烈度 7 度等地质难题。

1986 年，国家计委委托中国国际工程咨询公司对设计任务书进行评估。评估意见建议国家计委对该"设计任务书"予以审批。

1988 年至 1989 年，黄河治理委员会设计院根据多次审查意见对初步设计进行了优化。

优化后的枢纽建筑物总布置方案，将原初步设计 6 座错台布置的综合进水塔改为直线布置的 9 座进水塔。

招标设计时又增加一座灌溉塔。

1990 年，黄河治理委员会设计院提出小浪底水电站由原初步设计 6260 兆瓦增容至 6300 兆瓦。

1991 年 11 月，黄河治理委员会设计院根据咨询专家的意见，将原初步设计半地下厂房改为地下厂房。

1987 年 2 月，国务院批准国家计委《关于审批黄河小浪底水利工程设计任务书的请示》，小浪底工程在国家计委正式立项。

1991 年 4 月，七届全国人大四次会议将小浪底水利枢纽工程列入我国国民经济和社会发展十年规划和第八个五年计划纲要，确定在"八五"期间开工建设。

中央领导到小浪底视察

1991 年 2 月的黄河，春寒料峭，小浪底仍然"冬眠"在千里冰封之中。中共中央总书记江泽民从洛阳驱车驶过蜿蜒崎岖的山路，来到黄河最后一个寂静的山谷，视察小浪底坝址。

江泽民对水利部部长杨振怀和河南省的领导说：

> 小浪底是治理黄河的控制性工程，要做好各方面的准备工作，把工程搞上去，把黄河治理好，这是一件造福人民的好事。

1996 年 6 月 3 日，是中国建设者凭着胆识和智慧战胜导流洞 19 次大小塌方，胜利贯通三条导流洞后最喜庆的日子。江泽民第二次莅临气势恢宏的主体工程建设工地，看望了辛勤工作的小浪底建设者。

在泄洪工程进水口施工现场，江泽民走到人群中和工人们亲切握手。

江泽民高兴地邀请一线工人合影："和工人们合个影吧！"

这时，江泽民还回过头看看身后说："不要把工人挡住了。"

工人们绽放着笑脸簇拥在江泽民的身边。

记者的闪光灯频频闪烁，定格在这激动人心的时刻，留住小浪底人永远的幸福。

视察中，江泽民对水利部部长钮茂生和副部长张基尧语重心长地说：

小浪底工程规模宏大，技术复杂，一定要确保安全，把工程做好。不仅要建成一流工程，同时要探索如何管理好国际工程，还要培养一批跨世纪的人才，要有进入国际市场的本领。

江泽民指出：

小浪底工程很壮观，体现出一种宏伟气势，是进行爱国主义教育的好场所。

江泽民在兴致勃勃地视察了泄洪工程进水口和大坝施工现场后欣然命笔：

治理黄河水患，为中华人民造福。

1998 年长江大水之后，江泽民更加牵挂黄河下游人民生命财产的安危。

1999 年 6 月 19 日，在水利部部长汪恕诚和副部长张基尧的陪同下，江泽民在百忙之中第三次亲临小浪底。

江泽民顶着炎炎烈日，冒着盛夏酷暑，细致地视察了小浪底工程的防汛工作。

随后，江泽民在参观"小浪底水库运行方式研究"实验基地时指出：

> 要高度重视运用科学技术特别是高新技术，把握当今世界科技进步突飞猛进的大趋势，对国际上治理开发大江大河的先进技术，积极研究，并结合实际加以借鉴和应用。
>
> 黄河有自己的显著特点，必须按照黄河的实际情况研究和应用先进的科学手段。对黄河防洪、水资源利用、生态环境建设有重大影响的关键科技问题，要重点攻关，力争取得新的突破，为治理开发黄河提供有力的科技支持。

七届人大四次会议以前，江泽民曾专程到小浪底坝址视察。

在此前后，国务院总理李鹏也来到黄河，对小浪底工程做了重要指示，赞成工程上马。

李鹏说：

> 要继续做好小浪底工程的建设工作。小浪底是黄河进入平原后的主要水利枢纽工程，它

对防洪、拦沙都有重要作用。工程建设和移民工作都要按计划和进度完成。

1991 年 4 月，水利部于七届全国人大四次会议闭幕后，成立黄河小浪底水利枢纽工程建设准备工作领导小组，全面负责小浪底工程建设准备工作。

9 月 1 日，小浪底工程前期准备工作完成。

2003 年 5 月 13 日至 17 日，中共中央政治局常委、中央政法委书记罗干在河南考察工作。

5 月 14 日下午，罗干在时任河南省委书记李克强、省长李成玉、省委副书记李清林等陪同下，来到小浪底。

罗干一下车，就与等候在工地现场的建管局领导殷保合、孙景林、李其友、张善臣、张光钧、曹应超、庄安尘等一一握手。

罗干认真听取了殷保合关于小浪底工程情况介绍，详细询问枢纽运行有关技术问题，并兴致勃勃地参观了进水塔、地下发电厂房、出水口和公园式的坝后保护区。

这是罗干第一次考察小浪底工程。

7 月 7 日，中共中央政治局常委、中央纪律检查委员会书记吴官正在河南考察工作时，视察了小浪底水利枢纽工程。

吴官正认真听取了小浪底建管局局长陆承吉关于工程建设和管理情况的汇报，视察了爱国主义教育展厅、枢纽大坝、进水塔、地下发电厂房和出水口等工程部位。

吴官正十分关心黄河治理开发及小浪底工程建设，他每到一处，都详细询问情况。

吴官正对小浪底工程的视察，给小浪底建管局广大干部职工以极大的鼓舞。

吴官正在视察期间，亲切接见了建管局党政领导，并与大家合影留念。

陪同吴官正视察的有陆承吉、殷保合、李其友、张善臣、曹应超和庄安尘。

10月20日上午，黄河小浪底峡谷阳光明媚，中共中央政治局常委李长春参观了枢纽进水塔、地下发电厂房、出水口和坝后保护区。

李长春详细了解了小浪底工程建设和运行情况。

2004年5月15日上午，中共中央政治局常委、全国政协主席贾庆林在河南省委书记李克强、省长李成玉等陪同下视察了小浪底水利枢纽。

贾庆林先后察看了小浪底、西霞院工程模型及小浪底水利枢纽进水塔、地下发电厂房等工程部位，认真听取了殷保合关于小浪底枢纽管理和西霞院工程建设情况的汇报。

贾庆林还详细询问了西霞院水库作为南水北调中线备用水源的方案。

曾庆红在小浪底爱国主义教育展厅观看了小浪底枢纽模型、西霞院反调节水库模型、黄河流域图以及部分历史图片。曾庆红夸赞小浪底爱国主义教育基地办得好。

随后，曾庆红兴致勃勃地察看了小浪底枢纽进水塔、地下发电厂房和出水口。

曾庆红站在高高的坝顶上，俯看着库面，向殷保合等建管局领导了解了水库水质情况。

曾庆红在灯火通明、机声隆隆的发电厂房详细了解发电运营情况后，高兴地说：

　　水利工程一旦建成就是财富，小浪底工程决策是正确的，投资很值得。

曾庆红看到出水口平台黄河之水通过3号明流洞喷涌而出，场面十分壮观，他高兴地与建管局成员合影留念。

曾庆红在考察过程中，还听取了殷保合关于本单位认真学习贯彻十六届四中全会精神，小浪底和西霞院工程建设、运行管理及发挥社会经济效益、发电还贷等情况的汇报。

小浪底工程获世界银行贷款

1988 年 7 月，世界银行中蒙局项目官员丹尼尔·古纳拉特南先生一行 4 人到小浪底工程坝址调查小浪底工程情况，由此开始了小浪底工程利用世界银行贷款的一系列工作。

小浪底工程投资巨大，在当时国家财政状况下，如果完全由财政拨款兴建，资金将难以保证，短期内上马的难度较大。

为了促进小浪底工程尽快上马，水利部提出部分利用世界银行贷款，责成黄河治理委员会设计院编制了"部分利用世界银行贷款的可行性报告"。

1989 年 5 月，古纳拉特南第三次考察小浪底工程时建议利用世界银行技术合作信贷聘请国际咨询公司协助黄河治理委员会设计院编制招标文件及工程概算，成立特别咨询专家组审查枢纽设计方案、评估枢纽的安全性。

水利部采纳了世界银行的建议。

1989 年 6 月，水利部从世界银行提供的有意参加小浪底工程咨询工作的 11 家国际著名公司中筛选出 5 家公司进行招标。

加拿大国际项目管理公司被选为小浪底工程招标设计的咨询公司。

1990 年 5 月，国家计委和财政部批准小浪底工程利用世界银行特别技术信贷。

1994 年 2 月 17 日，中华人民共和国与世界银行在华盛顿就贷款协议和项目进行谈判，2 月 28 日签署会谈纪要。

根据协议，世界银行为小浪底工程提供贷款，第一期为 4.6 亿美元。

2 月 23 日，中华人民共和国与国际开发协会在华盛顿就小浪底工程移民项目贷款进行谈判，2 月 28 日签署会谈纪要。

根据协议，国际开发协会为项目提供 1.1 亿美元特别提款权信贷。

1997 年 9 月 11 日，世界银行为小浪底工程提供第二期 4.3 亿美元贷款协议签字。

利用世界银行贷款不仅解决了建设资金不足问题，亦为引进先进施工设备、施工技术、施工管理技术敞开了大门，为小浪底工程能够在较短时间高质量建成创造了条件。

老专家考察小浪底工程

1995 年 10 月 18 日上午，83 岁的张光斗神采奕奕地抵达黄河小浪底工地，下午就马不停蹄赶到大坝基坑察看防渗墙。

张光斗先生是水利界的泰斗，一生教书育人，桃李满天下，曾经为我国大江大河的治理出谋划策，倾注了毕生的心血。

新中国建立之初，先生受聘担任黄河治理委员会顾问，始终关心黄河的治理与开发。小浪底工程开工后，先生又担任小浪底建设的技术委员会顾问。

张光斗 1983 年任国务院学位委员会副主任。1994 年当选为中国工程院院士、主席团成员。

第二天一早，张老又一头钻进导流洞，在这"地下"迷宫巡视了一上午。

"小浪底工程必须万无一失。你们不要骂我老保守。防渗墙就天衣无缝？我是不相信。"张老半开玩笑半带着几分严肃对施工负责人说。

第三天，张老早早就到石门沟料场去了。淅淅沥沥的秋雨把路面淋成一片泥泞，汽车打滑开不动，人们劝张老走到这里就行了。

张老反问："人家怎么过去的?"

决策领导

陪同的人告诉他都是走过去的。

张老说:"人家走过去,我们也走过去。"

于是,张老深一脚浅一脚地走到土料旁,弯腰抠了一团泥巴,放在手心搓成直径1厘米粗细的泥棍,满意地赞许说:"这里的土黏性很好,不错!"

三天时间,张老走遍了小浪底的所有工地,那双沾满泥土的大胶鞋在黄河岸边留下了深深的脚印。

其实,早在20世纪五六十年代,张光斗先生应邀不下十次查勘了小浪底坝址,他赞成修小浪底,认为小浪底是黄河出峡谷最下游的一个水库,高坝大库必须保证安全,但诸如深覆盖层、单薄山体等工程技术问题十分复杂,不易解决。

在20世纪70年代,张先生就参与了小浪底工程的论证研究。当小浪底的论证研究从一坝线、二坝线转移到三坝线,要由隧洞群为主要泄洪方式后,张先生指出,小浪底地层能否打成如此多的大直径隧洞是关键技术问题,应进行论证研究。

在小浪底中美联合轮廓设计中,中方项目组多次听取了张先生的意见。张先生提出不同意河床深覆盖层大开挖及左岸包山方案和孔板泄洪洞方案等意见都被接受了。

在当时情况下,有权威专家的支持,无疑增加了全体建设者的信心。

小浪底工程开工后,张先生对小浪底工程的设计和建设十分关心。

1995年，在《人民黄河》上出了一期"小浪底工程设计专辑"，张先生对每篇文章都仔细阅读，并给工程指挥部写了一封长达7页的信。

信中对小浪底的泄洪能力是否足够，温孟滩放淤安置移民是否考虑将来小浪底高浓度输沙可能引起的影响，以及大坝分区及防渗设计，反滤设计原则，大坝深覆盖层基础的地震液化，孔板洞、排沙洞、明流洞设计，地下厂房支护等10个方面的问题提出了意见。

张先生指出在文章中关于反滤设计原则的论述不够全面，所说"按照发生集中渗漏的运用条件设计关键性反滤"也不够清晰；认为孔板泄洪洞设计一文未抓住大家关注的重点——孔板空化来阐述清楚；认为对于明流洞考虑抗磨措施说得不够确切。

张先生在信中还指出，地下厂房支护施工时应加强原型观测，及时在现场调整支护参数十分重要。

张先生对"小浪底工程设计专辑"文章的详细批阅，确实使整个工程大受裨益。

张先生本来视力不济，百忙中写此长信，反映了张先生对工程负责的敬业精神及诲人不倦、一丝不苟的一贯作风，令所有建设者都十分感动。

后来，张先生以小浪底建设技术委员会顾问的身份对小浪底工程的质量问题、水库漏水处理问题以及水库运用方式问题发表了很多精辟的见解。特别对小浪底水库运用方式的研究十分关注，指出小浪底水库运用同样是极具挑战性的课题，从尽可能提高小浪底水库不可替代的减淤效益出发，主张初期运用水位不宜太高，并应充分发挥水库的调水调沙作用。

后来，小浪底在坝工史上创造了多项国际国内的领先技术，正是由于有像张先生这样的许多老专家的悉心指导，才取得巨大的成就。

1995年，中国工程院授予张先生工程成就奖，2001年中国水利学会授予他功勋奖，对他在中国水利水电事业发展中所作的卓越贡献给予了充分的肯定。他被人们称赞为"当代李冰"。

二、 施工建设

● 黄河小浪底水利枢纽主体工程开工，从而拉开了这一国家重点工程大规模建设的序幕，也将在治黄史上耸立起一座丰碑。

● 外籍专家说："事实证明，中国人不仅有能力修建世界一流的水利工程，而且安全、高效、人性化地创造了移民奇迹，为水库移民工作树立了一个新的里程碑。"

● 汪恕诚说："我们一定要把黄河的事情办好，向党和人民交一份满意的答卷。"

小浪底主体工程开工

1994年9月12日10时45分，国务院总理李鹏宣布黄河小浪底水利枢纽主体工程开工，从而拉开了这一国家重点工程大规模建设的序幕，也将在治黄史上耸立起一座丰碑。

小浪底水利枢纽是一项治理黄河的战略性宏伟工程，工程规模浩大，举世瞩目。

由于水沙条件特殊、地质情况复杂等综合影响，该工程被中外一些专家视为世界上最复杂的水利工程之一，是一项颇具挑战性的工程，也是我国当时工程规模仅次于三峡工程的特大型水利工程。

小浪底工程前期工程从1991年底开始以来，到1994年上半年已累计完成投资13.84亿元，土石方挖填2139万立方米，混凝土浇筑18万立方米。

除完成两岸对外公路、铁路转运站、供水、供电、场内施工道路、黄河公路大桥、通信、营地建设等“四通一平”的各项施工准备外，还完成了进水口、出水口、导流洞、防渗墙等一部分控制工程总进度的主体工程。

施工区移民1万人得到妥善安置，水库区开发性移民试点工作也开始实施，实现了水利部提出的“三年任务，两年完成”的工作目标，为主体工程的全面铺开创造了积极的条件。

1994 年 7 月 16 日，黄河小浪底水利枢纽工程国际招标合同签字仪式在北京举行，合同中标价 73 亿多元人民币。

这标志着小浪底这项治理开发黄河的关键性工程开始进入主体工程全面开工阶段。

国务院副总理邹家华出席了当天的签字仪式。

小浪底水利枢纽工程位于河南省洛阳市以北 40 公里的黄河干流上，以防洪、防凌和减淤为主，兼顾供水、灌溉和发电等综合利用功能。

小浪底工程完工后，可使黄河下游防洪标准，从目前的只有几十年一遇提高到千年一遇，基本解除下游洪水和凌汛威胁，减少下游河道淤积。

小浪底水利工程每年还可增加 40 亿立方米左右的洪水量，改善下游的灌溉各件，它的电站装机容量可达 180 万千瓦，年平均发电量 51 亿千瓦时。

小浪底主体工程分大坝、泄洪工程、引水发电工程三个标进行国际竞争性招标。

1992 年 7 月，国际招标工作开始。1993 年 8 月 31 日在北京开标，共有 9 个国家的 34 家公司组成 10 个联营体参加了投标。经过激烈的竞争后，以意大利英波吉罗为责任公司的黄河承包商联营体、以德国旭普林为责任公司的中德意联营体、以法国杜美思为责任公司的小浪底联营体分别中一、二、三标。

　　三个标的承包商已按照黄河水利水电开发总公司发布的开工令，分别于1994年9月6日、7日进场做开工的准备工作。

　　小浪底工程建设计划总工期为11年，施工准备3年，主体工程工期8年。计划1997年底截流，2000年前两台机组发电，2001年工程全部完工。

　　1994年9月12日，国务委员陈俊生参加了开工典礼。水利部副部长张春园主持了开工典礼。

　　水利部部长钮茂生、河南省省长马忠臣、山西省省长孙文盛在会上做了重要讲话，他们指出：

　　　　希望工程建设管理单位加强领导，精心组织，发扬艰苦奋斗的精神，把小浪底水利枢纽工程建成一流设计、一流质量、一流管理、一流效益的优质工程，为治黄大业再立新功。

专家盛赞小浪底移民

2002 年 5 月 8 日至 10 日，根据移民与社会发展国际研讨会会议安排，来自美国、澳大利亚、南非等国的 7 位移民专家考察了小浪底移民区温县仓头村、麻峪村，济源市洛峪村、大交村，孟津县清河村。

建水库必然会淹没部分地区。移民搬迁安置极其艰巨复杂，直接决定着工程的成败。

小浪底水库占地 301 平方公里，涉及河南、山西两省 4 个市、10 个县，共需搬迁 12 个乡镇政府、193 个行政村、20 万人口，移民项目投资 86.89 亿元人民币。

小浪底移民以人为本，以大农业安置为主，走开发性移民之路，采取"水利部领导，业主管理，两省包干负责，县为基础"的管理模式。

小浪底水库移民项目依法规划，创新管理，基本上实现了让移民"搬得出、稳得住、能致富"的目标。

1992 年，移民工作拉开序幕，1994 年底完成施工区移民搬迁，1997 年底完成库区一期移民搬迁，2003 年底完成库区二期和三期移民搬迁。

小浪底水利枢纽 80% 的工程位于济源市境内。作为工程建设的主战场，小浪底水库将淹没济源市大片土地。

水库建设移民涉及济源市坡头、大峪、下冶、邵原 4

个镇 48 个行政村，农村移民 1 万余户，共计 3.6 万人。

施工占压及淹没影响土地面积 11.1 万亩，房窑 150.9 万平方米；淹没镇政府 1 个，镇外事业单位 38 个，工矿企业 190 个，农副业设施 1896 处。

为了保证重点工程的顺利建设，济源市淹没区干部群众舍小家、顾大家，不计较个人得失，轰轰烈烈地掀起了一场移民搬迁安置战役。

济源市境内小浪底移民前期工作始于 1986 年，1992 年进入搬迁安置阶段，2002 年 9 月搬迁安置结束。

移民安置分施工区、库区一期和库区二、三期三个阶段实施。

所有移民以大农业安置为主，全部本市安置。安置区涉及济源市轵城、梨林、玉泉、承留等 10 个镇、街道。新建移民安置点 76 个，其中平原区安置点 41 个，丘陵区安置点 21 个，后靠安置点 14 个。

随着工程的一步步拓展，济源市移民与其他地区的移民一道陆续迁出库区，在安置区开始了重建家园、实现梦想的新生活。

通过多年的开发与发展，现在的移民村，村有主导产业，户有致富项目，村庄美观整洁，五通五化设施齐全，六有公共服务体系完善，群众文化活动丰富，乡村文明之风兴盛。

来自各国的 7 位专家走村入户，就移民规划、资金管理、生产发展和社会调整等进行了深入调查。

外国移民专家对小浪底移民项目的完成情况给予了高度评价。

小浪底工程项目是部分利用世界银行贷款，并按世界银行的要求，对移民生产生活水平的恢复和提高进行了跟踪评估。

外国移民专家在考察中了解到，温县仓头、麻峪新村原址在新安县，在做移民安置规划时，小浪底移民局全面收集资料，进行多方案比较，并召开了村民大会，广泛征求意见。

移民工作人员做了许多深入细致的政策宣传和实施协调工作，与移民一起讨论、确定安置去向。

外国专家对这些做法非常赞赏。

美国资深移民专家泰德先生为许多国家做过移民咨询，当他听到当地村干部的介绍时，连声说"好"。

财产评估是资金补偿的基础，财务和村务公开是民主理财的要求。

尽管外国专家们不识几个汉字，但对移民村财务公开栏中数字看得津津有味。

他们向周围的人询问：是不是所有的移民都这样做了，财产是怎样核实的等。

当他们得到了肯定的答复时，对小浪底项目移民村财务管理高度透明感到很吃惊。

在孟津县清河村，专家们在一个生态蔬菜大棚中足足停留了 20 分钟，他们详细询问了该项目的发展情况，并向当地人介绍无公害蔬菜的前景。

他们还考察了移民村建设的科技示范园区、绿色食品生产基地，了解了科技在移民项目中的应用情况及技术人员的培训等。

曾经五次到过中国的澳大利亚布茹克博士用生硬的汉语说：

科技是第一生产力。

来自美国著名学府亚利桑那大学的卡门女士对移民区公共卫生和妇女权益状况非常关注，在不同的村调查了妇女的社会地位、健康状况、搬迁前后的思想变化等。

当卡门了解到越来越多的妇女参加村里事务管理，不少妇女成为致富带头人时，她露出了欣慰的笑容。

小浪底移民安置区成片的蔬菜大棚、窗明几净的学校教室、宽阔的马路、成行的树木以及对未来充满信心的移民给专家们留下了深刻印象，他们对安置区的环境容量和经济社会发展前景非常乐观。

泰德博士表示：

要向其他国家介绍和推广小浪底移民工作经验，并将邀请小浪底移民局参与移民项目的咨询。

专家调查之后，他们都说：

> 事实证明，中国人不仅有能力修建世界一流的水利工程，而且安全、高效、人性化地创造了移民奇迹，为水库移民工作树立了一个新的里程碑。

世界银行高级官员多次前来考察，对小浪底移民搬迁安置效果进行科学评估，给予了高度评价。

2004年1月9日，水利部副部长、初验委员会主任委员陈雷对移民工作专门做了发言。陈雷说：

> 小浪底移民工作自1991年实施以来，为了妥善安置移民、确保工程建设顺利进行，国家发改委、财政部、国土资源部、国家审计署等有关部委给予了大力支持，河南、山西两省人民政府对这项工作高度重视，经过库区及安置区各级政府、移民部门、工程业主、设计监理等单位的共同努力，圆满完成了20万移民搬迁安置的各项任务。
>
> 十多年来，在党中央、国务院关于开发性移民方针政策的指引下，河南、山西两省各级移民部门的同志认真践行"三个代表"重要思想，十多年如一日，奋战在移民搬迁安置工作

的第一线，战严寒，冒酷暑，始终把移民群众的利益放在第一位，得到了广大移民群众的积极支持与配合，取得了小浪底移民安置的可喜成果……

十多年来小浪底移民安置工作积累了许多好的经验，为国内其他工程的移民工作提供了有益的启示和借鉴……

今天，小浪底移民虽然通过了竣工初步验收，由于移民工作的复杂性和艰巨性，特别是近年来一直进行高强度搬迁工作，移民生产安置措施的落实和后期生产开发工作刚刚起步，部分移民仍处在收入恢复阶段，移民工作任务还十分繁重。

对此，我们要有清醒的认识，必须认真贯彻执行党中央、国务院关于移民工作的各项方针政策，紧紧依靠广大移民群众，大力发展移民经济，不断提高移民生活水平，妥善解决移民安置中存在的各种问题，发扬成绩，扎实工作，开拓进取，把小浪底移民工作推上一个新的台阶。

小浪底移民工作虽然取得了很大的成绩，但要使移民群众全面恢复原有生活水平，早日实现党的十六大提出的全面建设小康社会的宏伟目标，还需要我们深入、细致地做好各项工作。

　　我们要在以胡锦涛同志为总书记的党中央领导下，全面贯彻"三个代表"重要思想，以党的十六大、十六届三中全会精神为指导，开拓进取，扎实工作，努力完成好历史和人民赋予我们的崇高使命，为小浪底移民得到妥善安置作出新的贡献！

小浪底实现大河截流

1995 年 4 月，小浪底水利枢纽主坝开始右岸压戗区填筑。1995 年 10 月，开始上游围堰右岸部分堆石填筑。

截流预进占前右岸部分坝体填筑形象均超过合同要求的形象，河床区已束窄至 250 米宽。

1997 年 9 月 25 日开始预进占，10 月 26 日 16 时开始截流进占，10 月 28 日 10 时 28 分顺利合龙，截流成功。

按合同规定，截流时需要三门峡水库帮忙控泄流量。

根据小浪底水文站 42 年实测水文资料分析，为了争取截流后的枢纽施工和各年工程防汛处于主动状态，也为提前发电和竣工创造条件，同时，在不增加三门峡水库调蓄负担和避免产生合同问题的前提下，经 1997 年 6 月水利水电设计总院审查后认为：

小浪底截流时间选择为 10 月下旬至 11 月中旬都是可行的，具体截流时间，应根据水情预报和截流前围堰工程情况决定。

根据技术规范确定，小浪底截流施工按 10 年一遇来水设计。枯水期小浪底 10 年一遇逐月旬平均流量，三门峡至小浪底区间 10 年一遇设计最大日平均流量。

截流期间，利用三门峡水库 18 亿立方米的库容调节，控制 3 个时段的下泄流量为每秒 800、400 和 200 立方米，考虑三门峡至小浪底区间 10% 的频率流量为每秒 143 立方米，截流设计三级流量分别为每秒 943、543 和 343 立方米。

因此，合同文件规定业主在截流期间控制三门峡水库的泄量，保证流量由 950 立方米每秒减少到 350 立方米每秒。

工程师意识到：实际上三门峡水库库容调控能力有限，因而控制截流流量的时段也是有限的。在不违背合同的前提下，必须引导承包商采取工程技术和施工组织措施把截流工期压缩到三门峡水库可以承受的程度。

工程师和承包商共同分析和计算截流工程量和施工强度，详细安排了截流实施计划，对在 15 天左右完成截流并将上游枯水围堰快速填筑到 152.5 米设计高程达成共识，从而缓解了三门峡水库的负担。

截流期间，将控制三门峡水库泄量，最小流量将减少至每秒 350 立方米。

经过截流水力模型试验表明，在三门峡水库控泄减少坝址流量的情况下，用简便的单戗堤立堵进占方式截流，水力学指标均在一般控制范围之内，可较顺利地完成截流任务。

工程师考虑到：右岸施工场地优越，截流和堰体填筑材料料源广泛，数量充足，储备方便，交通便利；河床左侧地形地质条件适合设置龙口。

基于上述因素，建管局采用了自右岸向左岸单戗堤单向立堵进占的截流方式。

设计把截流戗堤轴线定在上游枯水围堰轴线以下 35 米处，戗堤顶高程 143 米，顶宽 26 米，上、下游边坡分别为 1 比 1.3 和 1 比 1.5。

为了验证上述截流戗堤布置的合理性，武汉水电大学专门做了 1 比 100 比例的截流水力学模型试验。

试验结果表明，在无护底时左岸河床出现冲刷，80 米宽的河床覆盖全部被冲光至基岩暴露，而有护底时则保护了河床。

因此，武汉水电学院建议，截流前应对龙口区采用块石护底，护底高程为 130 至 131.5 米，可采用 0.5 至 1 米的块石，也可采用铅丝笼装块石抛护等。但是，施工单位反映说："自大坝主体工程开工以来，在右岸开发了大西沟堆料场、填筑了上游铺盖、修建了右岸纵向围堰等束窄了原河床，使坝址处天然河道水流流态发生了较大变化，坝址处河床普遍下切。在上游枯水围堰处，河床高程从 130 米降至 126 米或更低，冲刷深度达 4 米之多。"

上述变化，将使截流戗堤上游坡脚伸入到枯水围堰防渗墙轴线以内，会影响到将来高压旋喷防渗墙的施工质量。

经设计方同意，戗堤上游坡面向下游平移两米。

同时，结合承包商拥有的高效率的施工机械可在截流时实现较高的抛投强度，能快速顺利地合龙，所以将截流戗堤轴线下移 5 米，戗堤顶宽从 26 米增加到 32 米，堤坡不变。

这样，截流戗堤的断面比设计断面大，相应地增加了抛投工程量。

按合同规定，截流龙口宽度为 112 米，根据施工现场的实际地质地形条件以及截流模型试验结果，采用了 106 米的龙口宽度。

但是，由于大面积水下地形的变化，合同规定的护底方式已不可能使河床恢复到 131 至 131.5 米的高程，截流龙口条件已发生了变化。

大家经过研究和详细的比较，结合上游围堰左岸堰基开挖，并考虑到左侧基岩较高，最后选定了把龙口向左岸平移 30 米的方案，并且将最终合龙龙口置于高程 132 米的基岩平台上。

工程技术人员这样做，主要考虑到有两个优点：

1. 把合龙的最后区段的流速和落差最大的口门放在基岩河床上，合龙将变得易于控制，稳妥可靠。

2. 适应被冲刷的河床的现状，减少了难以实施的河床护底工作。

小浪底技委会和世行特咨团专家对此方案给予了肯定。

针对上述龙口左移方案，承包商又委托意大利米兰某高校专门进行了截流水力学的计算机模型试验，用伊兹巴什公式计算了抛投石料的块径。

根据试验结果，龙口左移、局部底板抬高到高程 132 米，并未引起截流水力学参数多少变化。

按照 106 米的龙口宽度方案，将龙口分成 3 个区域，对每个区域的截流流量、块石粒径、抛投强度等都经过了具体计算加以明确。

从预进占到枯水围堰填筑至高程 152.5 米，总填筑工程量约 59.88 万立方米，其中预进占 21.52 万立方米，戗堤合龙 25.31 万立方米，枯水围堰加高到高程 152.5 米为 13.05 万立方米。

考虑到龙口合龙施工时段短、施工强度高、抛投材料种类多，因此在上游 10 区铺盖上事先准备了充足的备料。

在备料中，施工者考虑了戗堤合龙时，抛投料约有 20% 的损失量。

由于截流进展快，最终龙口又设于基岩上，所以实际抛投石料比预计的要少，截流后剩余了不少石料。

截流预进占和枯水围堰填筑的料源、开采、运输条件都很好，属正常施工，故不专门备料。

工程设计人员在专门修建的左岸纵向围堰保护下，进行龙口段的基础开挖工作。

他们把左移 30 米后的截流龙口放在开挖出来的基岩上，宽 55 米，靠岸坡处岩面高程 132 米，河床处 131 米，局部砂卵石基础开挖至 130 米。

非基岩护底采用约 1 米的块石铺填，采用直径 25 毫米的钢筋将石块与下部基岩锚固在一起，并布置钢筋网与顶部露出的锚筋头焊接，保证了块石护底与下部基岩形成牢固的整体。

1997 年 6 月上旬，完成河床护底施工和合同要求在高程 145 米形成约 250 米宽的度汛断面。

截流施工所需要的道路是现成的，主要施工道路均为工程准备阶段修建的矿山 II 级公路，路宽 16.5 米。

承包商经常注意道路的养护，因此使用两年多后路况还是完好如初。

工程开工后，又修建了许多工区内的临时施工道路，并对原有的道路进行多处裁弯取直，可保证行车速度每小时在 30 公里以上，截流时有交通车管部门采取适当措施确保行车畅通无阻。

截流期间将在龙口上、下游分别安装水尺，用量测聚苯乙烯浮标来计算龙口表面流速，并在不同的控制断面上设置测站进行水力量测。

合同规定预进占时间为 1997 年 10 月 1 日至 10 月 31 日。

预进占从右岸开始向左岸推进，在高度 145 米上将河槽缩窄至 112 米，同时截流戗堤在高程 143 米上超前 15 米，最后将龙口缩窄到 106 米宽。预进占理论土石料填筑量为 21.52 万立方米。

工程师把 106 米龙口合龙的开始时间定为"0 时"，

合龙进占时流量为 343 立方米每秒，戗堤顶面高程 137.5 米，进占合龙时间约需 40 小时。

在 40 小时之内约抛投土石料 9.12 万立方米，平均抛投强度每小时 2280 立方米。

截流戗堤合龙后，戗堤加高至高程 143 米和闭气区抛填至高程 140 米计划用 60 小时，约抛投土石料 13.43 万立方米，平均抛投强度为每小时 2238 立方米。

然后，再用 20 小时将闭气部分加高至高程 143 米，填筑土石料 2.76 万立方米。

从"0 时"开始，把 106 米龙口全线填筑至高程 143 米，共计用 120 小时，土石料填筑总量为 25.31 万立方米。

此后，上游围堰将继续填筑至 152.5 米高程，计划填筑土石料 13.05 万立方米。

截流期间下游围堰也同时填筑至 145 米高程，填筑量 13.07 万立方米，加上截流前填筑部分工程量总填筑量为 15.36 万立方米。

为使截流各项活动按实施计划正常进行，保证截流成功，总监理工程师仔细部署了截流期间各方面的工作，明确了各部门的职责。

一方面继续加强对施工现场的监理和保证现场信息的沟通、反馈。

另一方面要求承包商提供了截流期间施工现场的机构管理框图及现场负责人和施工工长名单，要求承包商明确现场各班组和负责人的职责，切实加强现场的施工管理。

监理工程师还专门设立截流现场龙口指挥所，负责发布各项命令指挥各项截流活动，收集现场信息并整理、汇总供领导决策，及时对外报告截流进展情况和发布快讯。

1997 年 9 月 25 日，截流预进占开始，从龙口宽度250 米向左岸推进，戗堤进占高程从 147 米降低到143 米。

至 9 月 29 日，戗堤进占至剩余龙口宽度为 106 米处，进占高程从 143 米降低到 140 米。

此后，上游枯水围堰预进占段开始加高，于 10 月 14日填至枯水围堰的设计高程 152.5 米。

从 10 月进水口前部临时施工围堰的困难的前提下，局部加高截流戗堤至高程 143 至 140 米。

截至 10 月 23 日，完成预进占的填筑总量为 16 万立方米，预进占实际花时 17 天，平均日填筑强度为 9694 立方米。

1997 年 10 月 26 日 16 时整，截流一切工作准备就绪，总监理工程师向承包商发布了开始截流进占的开工令。

开始进占时的龙口宽度 106 米，进占高程 140 米，进占按计划顺利地进行。

28 日这天，小浪底风和日丽，呈现出一片胜券在握的平静和喜庆气氛。

一大早，黄河两岸山头上聚集了从四面八方赶来的乡亲，争睹黄河截流的最后冲刺，为中华民族的这一盛事壮威喝彩。

在截流现场，漫山遍野都是观光的人群，一面面鲜艳的五星红旗，插在黄河北岸截流合龙处，沿岸陡崖峭壁，红旗迎风招展。

三年前曾主持了这项工程开工仪式的李鹏，再次来到这里，目睹截流壮观景象。

经过建设者40多个小时连续奋战，截流开始时宽达106米的龙口已收窄到最后10.59米。

10时28分，小浪底截流戗堤南、北两岸的大型翻斗车同时向龙口门倒入巨大的石块，黄河水被拦腰截断，从北岸山中的导流洞奔泻而出。

黄河从此彻底改道。

当46辆载重汽车从两岸依次把最后一批石料倾入龙口时，北岸山壁上一面巨大的五星红旗迎风展开。

水利部副部长、黄河小浪底建管局局长张基尧大声报告了截流合龙完成的情况。

中共中央政治局委员、国务院副总理姜春云宣布：

黄河小浪底工程截流成功！

顿时，参加仪式的3000多名中外建设者和周围数万名干部群众欢声雷动，无数彩球伴着震响山河的汽笛声腾空而起，欢快的乐曲和施工机械的汽笛声回荡在黄河两岸。

截流仪式上，李鹏代表中共中央、国务院对截流成功表示热烈祝贺。他说：

> 我国正处在社会主义初级阶段，大力发展生产力是我们的根本任务。水利作为国民经济的基础设施和基础产业，在促进国民经济发展、保持社会稳定中发挥着越来越重要的作用。
>
> 黄河是我国的第二条大河，是中华文明的发祥地。然而黄河水患曾给我们带来了无数的灾难，是中华民族的心腹大患。
>
> 治理黄河水患、开发黄河水利，历来是党中央、国务院十分关注的大事。兴建小浪底水利枢纽工程正是党和政府为此而采取的重要举措。
>
> 小浪底工程是一项具有防洪、防凌、减淤、灌溉、供水、发电等综合效益的水利枢纽工程。小浪底工程的建成将使黄河中下游防洪由现在防御 60 年一遇洪水的标准，提高到防御千年一遇洪水的标准，并且为下游河道整治争取宝贵的时间，为开展黄土高原水土保持提供良好的机遇，也为黄河中下游经济发展打下坚实的

基础。

实现大河截流，这标志着小浪底工程取得重要阶段性成果，也表明我国在治理黄河的道路上又迈出了可喜一步。

84岁的老河工徐福龄，曾多次目睹旧社会黄河决堤的惨状，如今他面对这一宏伟工程动情地说："靠人防和堤防，我们创造了51年秋伏大汛不决口的奇迹，可下游越升越高的'悬河'常常让我提心吊胆。看了眼前的截流盛况，心里踏实多了。"

小浪底被中外专家公认为最具挑战性的工程，截流后滔滔黄河水从此改道，穿过左岸山体的3条巨大导流洞，注入下游河道。

小浪底工程还是世界银行在华的最大贷款项目，世行官员和承包商所在国德国、法国、意大利的驻华大使也参加了截流仪式。

参加仪式的还有中共中央政治局委员、河南省委书记李长春，全国政协副主席马万祺，中央各部委及河南、山西两省负责人。

新华社、人民日报、中央电视台等中外新闻机构300多名记者对截流工程做了报道，中央电视台进行了现场实况转播。

截流戗堤合龙后，继续加快上游枯水围堰的填筑，当时的连续阴雨天气对填筑有影响，但还是提前一天于

11 月 19 日将枯水围堰全线填筑至设计高程 152.5 米，为施工围堰高喷防渗墙提供了场地。

下游围堰的合龙、闭气与上游截流活动同时顺利进行，并在 3 天内于 10 月 30 日全线达到设计高程 145 米。截流后立即进行基坑排水工作，基础开挖工作也全面展开。

承包商集中力量填筑上游围堰，于 1998 年 4 月 24 日，比合同目标提前 67 天全线填筑至设计高程 185 米，保证了 1998 年的安全度汛。

由于 9 至 10 月份黄河中下游流域没有出现大降雨，因此截流期间小浪底上游的三门峡水库很容易地调控下泄流量，截流流量基本上在 10% 频率流量 143 立方米每秒上下波动，截流期间最大流量 190 立方米每秒，最小流量 132 立方米每秒。

龙口处实测最大流量 134 立方米每秒，其余经 1 号导流洞流入下游河道。

合龙时龙口处流量 28 立方米每秒，龙口宽度 10.59 米。实测龙口处最大流速 4.8 立方米每秒，相应落差 2.28 米。

龙口处流速 4.16 立方米每秒时，出现最大落差 3.58 米。

监理工程师说："总的来说，截流期间龙口处的流量不是很大，但落差和流速均已达到或接近预计值。"

由于最后合龙龙口改为设于左岸边人工建造的基岩

平台上，抛投的石块粒径超过了试验和计算要求，所以没有出现龙口底部冲刷及大石块被水流卷走而进占困难的情况。

截流期间投入的施工机械及设备基本上与实施方案所述相同，只是施工机械及设备的投入和配套随进占过程中强度的高低有些调整。

按计划截流成功，无疑是各方面特别是建设者们同心合力、努力实施取得的结果。

监理工程师总结说：

通过小浪底工程截流整个过程可以看到，对于大型水利水电工程，即使是外国承包商施工的工程，要截流成功，以下几方面是必不可少的：

1. 截流布置的正确决策。经过认真的研究、审查，几经修改，最终确定了截流实施方案。特别是经过充分的调查、论证后，将截流龙口左移30米，合龙口门放在开挖出来的基岩上，并对局部遇有冲积砂卵石层采用加以纵横钢筋网联系的大块石护底。这一措施使得在最后合龙时刻，龙口处出现预计到的流速和落差时，保证了不出现龙口底部冲刷及大块石被水流卷走，顺利合龙。

2. 实施前有周密的安排和部署。依据实施计划进行了充分的准备工作，包括施工组织、修改进度、车间图提供、备料、机械设备的配置和保养，以及人员状况等；实施过程中，经常检查落实情况，及时对出现的问题进行研究，始终使施工动态掌握在工程师的控制之下。

3. 实施中有统一和果断的指挥。截流期间设置了龙口指挥所统一指挥截流活动，要求各负责部门快速、及时、准确提交各方面资料，便于领导掌握情况，作出决策，使截流一切进展情况均在控制之下，保证了截流成功。

2000 年 6 月 26 日，小浪底水利枢纽工程大坝填筑到顶，比合同工期提前 13 个月，创造了中国土石坝施工史上的新纪录。

小浪底工程建设管理局总工程师曹征齐说："小浪底大坝为土质心墙堆石坝，坝高 154 米，坝顶长度 1660.3 米，总堆筑量达 5185 万立方米。从规模上讲，小浪底大坝居世界已建土石坝的第五位，目前在中国则是首位。"

大坝由意大利英波吉罗公司等三家外国公司及中国水电十四局组成的黄河承包商承建。

曹征齐说："在施工过程中，监理工程师严格公正执行合同，双方认真遵守合同，工程师、承包商与业主实现了在合同基础上的良好协作，及时解决了各种技术问题和矛盾，使大坝工程得以顺利实施。"

大坝监理总工程师介绍说："先进工艺方法、设备的大量使用，使小浪底大坝在高机械化、高强度、高效率施工等方面均达到世界先进水平。"

为了保证施工质量，中国督促外国承包商建立健全质量保证体系，制定了以程序控制为主的全过程质量控制体系，并切实实施。

工程建设管理局领导表示："蓄水后检查和原型观测成果资料表明，大坝工程质量优良。"

小浪底工程下闸蓄水

1999年10月25日10时，随着三颗红色信号弹在黄河中游峡谷升空，重达100多吨的小浪底工程3号导流洞巨型闸门缓缓降落。

约10分钟后，奔腾的黄河再度被拦腰截断，世人瞩目的黄河小浪底水利枢纽正式下闸蓄水。

这是这一工程继1997年10月实现大河截流后的又一项重大阶段性成果，标志着水库开始发挥调蓄效益。

小浪底工程以防洪、防凌、减淤为主，兼顾供水、灌溉和发电，建成后可使黄河下游的防汛标准由目前的60年一遇提高到千年一遇。

小浪底水利枢纽处于控制黄河洪水和泥沙的关键部位，是治理开发黄河的控制性工程。自截流以来，各项土建工程全面进入以拦洪、蓄水、发电为目标的高峰期，施工进展顺利。

水利部副部长兼小浪底建设管理局局长张基尧表示：

　　如果上游来水量满足要求，小浪底水利枢纽首台机组可望年底发电。

下闸蓄水，标志着工程已完成总投资的60%，大坝已填筑至 235 米高程以上。

有关负责人介绍说：

> 小浪底水库下闸后，到年底水库库容将达到 17 亿多立方米，使首台发电机组具备发电运行条件。

为了缩短因小浪底水库下闸蓄水造成的下游断流时间，黄河防总已安排万家寨水库和三门峡水库分别预蓄 1 亿立方米和 3 至 5 亿立方米水量，待 3 号导流洞下闸后，及时下泄至小浪底库区，以便使小浪底水库水位能在 4 天左右上升至 175 米高程，开启排沙洞向下游供水。

2003 年 9 月 9 日 10 时，小浪底水库坝前水位已经超过当年汛限水位 248 米，达到 249.67 米，水库库容达到 62.8 亿立方米。

为了确保黄河下游地区防汛安全，小浪底水库将继续采取滞洪运用方式。

8 月份以来，由于黄河流域普遍持续降雨，小浪底水库以上的泾河、北洛河、渭河和小浪底水库以下的伊洛河、沁河、大汶河均出现洪峰。黄河下游防洪形势严峻。

三门峡、小浪底、故县和陆浑水库"四库联合调度"已经是黄河下游防洪的重要措施之一，但是，其中的故县和陆浑水库已经超汛限水位，不再拦蓄洪水，三门峡水库也开闸畅泄。

因此，小浪底水库承担着无可替代的拦洪重任。

按照黄河防总调度指令，小浪底水库从 8 月 2 日开始，连续一个多月采取滞洪运用，使得坝前水位由221.66 米涨至 278.95 米，水库库容由 23.8 亿立方米增加到 61.5 亿立方米，创历史新高，有效拦截了黄河中游1 号洪峰和渭河、泾河暴雨形成的一系列洪水，累计拦蓄洪水量达 36 亿立方米。

这样，不仅避免了下游黄河滩区出现大面积漫滩，减轻了下游堤防的防洪压力，而且也为今后向下游供水提供了储备。

小浪底实现并网发电

2000 年 1 月 9 日 10 时 20 分，随着水利部部长汪恕诚在中控室按下启动钮，国内最大的地下式厂房内顿时机组轰鸣。

10 分钟后，水利部副部长、小浪底建管局局长张基尧宣布：

小浪底水利枢纽首台机组并网发电成功。

水利部副部长张春园、河南省副省长张以祥、山西省副省长范堆相等领导同志与小浪底建设者们一起目睹了这一中国水利建设史上的辉煌。

自 1997 年实现大河截流以来，小浪底工程建设和水库移民全面展开，并逐步进入高峰期。

到 1999 年汛前，工程实际已达到防御 500 年一遇洪水的标准，215 米水位以下移民全部迁出，并于 10 月 25 日成功实现了下闸蓄水。

与此同时，金属结构与机电设备的采购、制造和安装工作同步进行。

机电设备安装工程是小浪底主体工程中唯一的国内标段，由中国水利水电第十四、第四和第三工程局组成的 FFT 联营体承包施工。

1998 年 4 月开工以来，他们与工程业主、监理、设计和设备制造商团结协作、紧密配合，如期完成了首台水轮发电机组定子、转轮、转子等主要设备和各种辅机、电气设备的安装。

经过机组充水、调试和检测，安装质量满足合同和技术规范要求，于 1999 年 12 月底顺利通过水利部会同河南、山西两省组织的启动验收。

汪恕诚说：

党中央、国务院一直十分重视黄河的治理与开发工作。

去年，江泽民亲临黄河视察，并组织召开了黄河治理开发工作座谈会，发表了"让黄河为中华民族造福"的重要讲话，不仅为黄河的治理与开发指明了方向，而且对整个水利工作都具有极其重要的指导意义。

李鹏专门听取我部关于黄河治理工作情况的汇报。朱镕基总理去年两次到黄河和西北地区，对防洪工程和水土保持生态环境建设作出了重要指示。

这些都充分说明了中央对黄河问题的高度重视，说明黄河的治理与开发在国家政治、经济生活中的重要地位和作用。

我们一定要把黄河的事情办好，向党和人民交一份满意的答卷。

汪恕诚还指出：

建设小浪底水利枢纽工程，是黄河治理开发的一个重要步骤。经过 9 年多的建设，现在已开始发挥效益。

首台机组发电之后，后续工程建设和运行管理任务仍然很重，特别是在加强经营管理、充分发挥工程效益方面还面临许多新的课题。

希望小浪底建管局与全体参建单位发扬成绩，总结经验，再接再厉，努力搞好工程建设剩余的工作，信守合同，严把质量，把小浪底工程建设好、管理好，为黄河的治理与开发作出新的更大的贡献。

綦连安、亢崇仁、鄂竟平、高安泽等领导同志出席发电仪式。小浪底建设管理局与河南省电力公司在仪式上签订了调度、并网和售电协议。

首台机组正式并网发电，标志着小浪底这座具有防洪、防凌、减淤、灌溉、供水、发电等作用的水利工程，开始发挥其综合效益。

小浪底建设管理委员会负责人介绍说：

小浪底电站共安装 6 台水轮发电机组，总装机容量 180 万千瓦，年平均发电量 51 亿千瓦时，是中原地区最大的水电站。按施工计划安排，其他 5 台机组将于 2001 年全部投入运行。

　　1997 年，小浪底工程成功实现大河截流，工程建设与水库移民逐步进入高峰期，1999 年汛前，215 米水位以下的移民全部迁出，为水库蓄水发电做好了准备。

　　小浪底工程地质条件复杂，其地下发电厂房是国内最大的地下厂房。工程建设者克服了施工场地狭小、土建与安装交叉作业、国内外设备种类繁多等困难，如期完成了设备安装。

　　水利部、河南省、山西省、黄河水利委员会的有关负责人出席了首台机组发电仪式，小浪底建设管理局与河南省电力公司在仪式上签订了调度、并网和售电协议。

　　2000 年 1 月 15 日中午，黄河小浪底水利枢纽第二台发电机组正式并网发电，并开始投入商业运行。

　　建管局负责人说：

　　　　15 日并网发电的 5 号机组装机容量为 30 万千瓦。是继今年年初首台 6 号机组并网发电后黄河小浪底投入运营的第二台发电机组。今年年底，另一台 30 万千瓦的 4 号机组也将并网发电。

按施工计划安排，其他 3 台机组于 2001 年全部投入运行。

黄河小浪底这座具有防洪、防凌、减淤、灌溉、供水、发电等作用的水利枢纽工程，将全面发挥其综合效益。

小浪底主体工程完工

2000年12月27日，经过万余名建设者7年多的艰苦努力，黄河小浪底水利枢纽主体工程全部完工。

小浪底第六台机组正式投产发电。

这标志着经过万余名中外建设者7年多的艰苦努力，黄河小浪底水利枢纽主体工程已全部完工，收尾项目已全部展开。

水利部致电祝贺。贺电说：

小浪底工程按期实现了截流、下闸蓄水和发电等阶段性目标，提前实现了主体工程完工和枢纽投运，枢纽综合效益初步显现，受到社会广泛赞誉，基本实现了"建设一流工程、总结一流经验、培养一流人才"的建设目标。

贺电同时要求：

按期完成收尾项目，争取早日顺利通过国家验收。

工程建设管理局领导介绍说：

主体工程完工后，小浪底工程将全面发挥其巨大的综合效益。

在防洪方面，下游黄河花园口的防洪标准将从不足 60 年一遇提高到超过 1000 年一遇。

在防凌方面，小浪底水库 30 亿立方米的防凌库容投入黄河防凌体系后，与已建成的三门峡、故县、陆浑等水库配合运用，可以基本解除黄河下游凌汛的威胁。

在减淤方面，小浪底水利枢纽共有淤沙库容 75 亿立方米，不仅可以直接减少下游河道淤积，而且可以通过水库的调水调沙运用，将部分库区、下游河道淤沙直接冲入大海。

在供水和灌溉方面，通过水库有效调节，可优化黄河水资源有效配置，为保障下游沿黄地区生产生活生态用水做贡献。

此外，小浪底 6 台机组多年平均发电量可达 51 亿千瓦时，将为改善河南电网供电质量发挥重要作用。

小浪底主体工程包括土建部分和机电安装两大部分，土建工程又分为大坝、泄洪和发电系统。

小浪底大坝高 154 米，总填筑量 5185 万立方米，是我国最大的土石坝。

中外建设者在施工中引进国外先进施工工艺和技术，使得工程进度不断超前，在截流后 32 个月内完成了坝体填筑，比合同工期提前一年，创造了我国土石坝施工的新纪录。

泄洪系统是小浪底工程最具挑战性的施工项目，在面积不足 1 平方公里、地质情况十分复杂的山体内开挖 16 条大跨径隧洞，被称为"世界水工史上的奇迹"。

中外施工技术人员大胆采用环向无黏结后张预应力混凝土衬砌等新技术，解决了恶劣地质和黄河特殊水沙条件造成的施工难题，建成了世界上最高的进水塔、最大的消力塘和最密集的洞群系统，提前工期三个半月。

地下式发电厂房是发电系统的主要土建项目，这座耗时 5 年、提前 7 个月开挖形成的"地下宫殿"，灯火通明，机声轰鸣，已成为小浪底水利枢纽的一大景观。

小浪底工程机电安装工作主要是在地下厂房内安装 6 台装机容量为 30 万千瓦的水力发电机组。

自 1998 年 9 月首台机组蜗壳安装以来，建设者克服施工场地限制、交叉作业干扰等不利因素，保质保量完成了 6 台机组的全部安装任务。

自 1991 年小浪底前期工程开工以来，已累计完成土方开挖 2800 万立方米、石方明挖 1856 万立方米、石方洞挖 344 万立方米、土石方填筑 6290 万立方米、混凝土浇筑 371 万立方米、固结灌浆 43 万米、帷幕灌浆 27 万米、金属结构安装 3 万吨。

120个尾工项目目前已完成近60项，其余大部分项目将于2001年汛前完成。

在小浪底工地现场可以看到，一座包括大坝、导流洞群、地下发电厂在内的宏伟水利工程已矗立在黄河上，工程区内生态工程建设正全面铺开。

在废弃的石料场上，施工人员正在准备栽种花草；荒坡荒地上新栽了70多万棵树木，还准备再栽40万棵树；大坝东侧2500多亩坝后空地以前用来堆渣，如今正在被改造成一个花园式生态区。

工程建设管理局负责同志介绍说：

> 生态工程见效后，小浪底工程区将呈现水光山色辉映的美景，不但发挥防洪、防凌、减淤、供水、发电、灌溉等功能，还将成为生态旅游区。

西霞院主体工程开工

2004 年 1 月 10 日，黄河小浪底水利枢纽配套工程，西霞院反调节水库主体工程正式开工，计划于 2008 年 6 月底全部建成。

水利部副部长陈雷宣布工程开工并讲话。

河南省委副书记、省长李成玉，省委常委、洛阳市委书记孙善武，黄河水利委员会主任李国英等出席开工仪式。

河南省副省长吕德彬出席仪式并致辞。

开工现场人潮涌动。

10 日上午，黄河小浪底水库下游 16 公里处的黄河滩辽阔而平缓。经过小浪底水库的"调教"，此处的黄河显得十分清澈、驯顺。

河岸两侧大型材料场和各种工程机械已全部运送到位，静静地等候着西霞院反调节水库主体工程全面开工。

尽管天气多雾而阴冷，但一大早就拥来了成群结队的人，他们大多是两岸的村民，有的还搬来了锣鼓家什。

西霞院村一个村民说："将要开工建设的西霞院水库是以我们村的名字命名的，这对全村的老百姓来说，是让祖祖辈辈都感到光荣的大事儿。所以，村子里需要搬迁的村民，尽管故土难离，但为了国家的大工程，都如

073

期搬离了家园。"

工程的建设者们早早地把工地上的一切准备就绪，只见一台台大型设备按照设计规划布置到位，各种各样的大型机械各就其位，运输车辆排列成行，建筑工人严阵以待，等待着宣布开工的命令。

从2003年1月开始，建设者们便进入了工程的筹备期，他们克服"非典"、连绵阴雨等困难，如期完成了包括道路、供水、供电、通讯和场地平整等准备工作。同时，如期完成了施工区征地、移民搬迁及施工区封闭等任务，保证了主体工程按期开工。

10日上午，河南省省长李成玉和水利部副部长陈雷等领导干部，莅临开工仪式现场。

11时33分，随着陈雷副部长的一声令下，各个施工点机器轰鸣，一台台运输车辆在工地上有序地穿梭、奔忙。规模宏大的西霞院反调节水库工程项目正式开工建设了。

作为小浪底水利枢纽的配套工程，西霞院水库坝址上距小浪底16公里，下距郑州花园口116公里。大坝横截黄河，坝轴线总长3122米，其中两端的沙砾石坝轴线长2609米，坝顶宽8米，最大坝高20.2米。

中部的泄洪发电建筑物轴线长513米，最大坝高51.5米。水库总库容1.62亿立方米。其功能主要是以反调节为主，结合发电，兼顾灌溉、供水等综合利用。同时，也可作为南水北调中线工程的备用水源。

西霞院水库通过对小浪底水库的不稳定流进行反调

节，有效缓解小浪底的发电与供水矛盾，使小浪底水利枢纽发挥更大的社会效益和经济效益，同时减少对河道防护工程的冲刷。

有专家介绍说：

> 小浪底水库建成以后，已经在黄河中下游的防洪、防凌、减淤、供水、灌溉等方面起到了重要的作用，尤其在去年抗御渭河、伊洛河、沁河等黄河支流发生洪水的过程中发挥了不可替代的作用，蓄水达到历史最高水位，使黄河下游的人民生命财产损失降到最低。并在国家电力供应紧张的时候，小浪底及时发电，有效地缓解了河南电网，甚至东北电网资源紧张的局面。

然而，由于电力资源和水利资源在调配使用的过程中，存在着不可避免的矛盾，小浪底水利枢纽在运行的过程中受到了很大的制约，从而造成了资源的浪费。

根据有关规定，通常情况下，小浪底水库要遵循"电调服从水调"的原则，在雨水充足的时节，一般要蓄积水源或为下游防御洪涝。

在枯水季节，要担负着向下游供水的任务；平日还要保持供给下游一定的流量，保证黄河正常的奔流。

但是，如果在库容不足水源充沛的时候，恰好遇到电力资源紧缺，那么，为了蓄积水源或防洪，就不能进行发电。

如果在库容充足的时候，巧遇电力资源紧缺，但下游并不需要水资源，那么为发电泄出水库的水资源，就会白白地浪费掉。

2003年一段时间，全国电网电力资源紧张，但由于要按要求保证库中水资源，小浪底水库发电机组只有部分机组工作，虽然有效缓解了河南电网的电力所需，但如果满负荷发电的话，将会惠及已经与河南电网并网的东北电网。

专家说："换个角度来说，这部分用于发电的水资源，也就随着滚滚黄河，白白流失。"

此外，小浪底水库除了保证黄河日常流量以外，每天都要在中午和晚上用电高峰时段进行水力发电，在用电低谷时段停止发电。

这样，就造成了黄河水流的不稳定。时大时小的水流，对下游的河道防护工程有着不利的影响。

西霞院水库建成以后，通过对小浪底水库下泄的不稳定流进行反调节，小浪底将不受"电调"和"水调"矛盾的影响，自由自在地充分发挥作用，从而创造更大的社会效益和经济效益。

西霞院水库作为小浪底水库的反调节水库，在其建成后，将与小浪底珠联璧合，更有效地解决小浪底水电站的调峰运行以及下游地区生产、生活和生态用水的矛盾，最大限度地消除各种不利影响，并且为黄河向北方供水创造了更可靠的条件。

西霞院水电站设计安装 35 千瓦发电机组 4 台，装机总容量为 140 千瓦，多年平均发电量 5.83 亿千瓦时，电力产品又可以为当地创造利税。

到 2008 年 6 月水库建成后，可以在下游发展灌溉面积 113.8 万亩。届时，将惠泽河南省黄河北岸的温县、济源、沁阳以及青峰岭等地，同时，每年还可以向附近的孟津、吉利等地城镇供水 1 亿立方米，为保证化纤等国家重点项目的生产用水提供了可靠保证。

西霞院水库建成后，随着其反调节功能的发挥，平稳的水流对下游湿地的保护和周围生态环境的改善将起到重要作用。

广阔的水域和小浪底水库相连，使小浪底成为名牌景区，从而拉动河南省旅游业的进一步发展。

建设管理局有关人员介绍说：西霞院水库的建设主要工程量有土石方开挖、填筑、混凝土浇筑以及建设所需钢材，建设单位将在保证质量的情况下，本着"就地取材"的原则进行建设，这样，不仅可以节约工程开支，而且还拉动了河南省当地相关产业的发展，加上每天需要的上千名施工人员，为当地农民创造了打工赚钱的好机会。

西霞院工程将淹没土地 30 多万亩，施工占压土地 80 多万亩。

在各级有关部门的共同努力下，为了保证国家重点工程的开工建设，洛阳市孟津县和吉利区共有 105 户 6181 人，搬出了施工区。

开工典礼上，小浪底建管局副局长兼西霞院项目部总经理殷保合报告了西霞院前期工程情况，总监理工程师、施工单位代表分别进行宣誓。

在开工仪式上，陈雷首先代表水利部对工程的开工表示热烈祝贺，向全体工程建设者表示亲切慰问，并向关心和支持工程建设的国家有关部委、河南省各级党委政府表示衷心感谢。

陈雷说：

小浪底水利枢纽建成以来，发挥了防洪、减淤、供水、发电等巨大的综合效益。

但同时，小浪底下泄的不稳定流对下游河段的河势稳定、河道整治工程安全、河道减淤也产生了一定程度的影响。

西霞院工程作为小浪底水利枢纽的反调节水库，兼有发电、灌溉、供水等综合效益。

工程建成后，与小浪底水库联合运用，可以有效地解决小浪底水电站调峰运行与下游地区生产、生活和生态用水的矛盾，最大限度地消除各种不利影响，为黄河向北方供水创造更为可靠的条件。

西霞院工程的开工建设，有利于优化配置、

高效利用黄河水资源，有利于充分发挥小浪底水利枢纽的综合利用效益，有利于进一步开发利用黄河的水能资源，对周边地区经济、社会的可持续发展将起到重要的保障作用。

陈雷强调：

高质量地建设好水利工程，是一项功在当代、造福子孙的千秋伟业。

工程质量既关系到投资效益的发挥，更关系到人民群众生命财产的安全，责任重于泰山。

西霞院工程的业主单位，一定要进一步发扬建设管理小浪底工程的优良传统，在工程建设中坚持高标准、严要求。

各施工单位严格履行合同，全责调配施工力量和设备，精心组织，精心施工，精心管理，保证质量，确保工期。

监理单位严格把关，认真履行三控制一协调的职责，及时协调解决施工中出现的各种问题。

设计单位要加强现场服务，严格设计变更程序，提高服务水平。

希望中央有关部委和河南省各级党委、政府一如既往地支持西霞院工程建设，共同努力，把西霞院工程建设成为一流的工程，向党和人民交一份满意的答卷，让黄河更好地造福沿黄人民。

西霞院水利工程坝址地形呈宽阔"U"形河谷，区域构造较稳定，工程区地震基本烈度为 6 度，不存在影响工程建设的重大工程地质问题。

1999 年，根据业主小浪底建管局的意见，重新编制了西霞院项目建议书，并先后通过水规总院审查和中国国际工程咨询公司评估。

2003 年 3 月，工程初步设计通过水利部审查，10 月 14 日，水利部批准了西霞院初步设计。

经过公司 10 多年的勘测设计和工程建设单位近一年的前期施工准备，2003 年 10 月，西霞院工程前期准备工作基本完成，具备主体工程开工条件。

国务院南水北调办公室，水利部黄河治理委员会、长江治理委员会有关负责人及千余名工程建设者参加了开工仪式。

三、 竣工验收

● 《小浪底水利枢纽（工程部分）竣工初步验收工作报告》中认为："小浪底水利枢纽工程建设，符合基本建设程序。工程等别、建筑物级别、洪水标准及地震设防烈度符合现行规范要求。"

● 国家发改委副主任穆虹宣布："竣工验收委员会同意黄河小浪底水利枢纽工程通过竣工验收。"

● 记者评价说："细微之处显精神，一点一滴见文化，小浪底把水文化的精神之魂融进了企业的现代化创造之中。"

作家到小浪底工地采风

2001 年 6 月 15 日，中国作家协会会员、著名作家、宁夏文联主席张贤亮结束为期 4 天的小浪底采风，返回银川，进行报告文学创作。

这次创作活动由中国作家协会与中国水利文学协会共同组织，中国作家协会特选派张贤亮前来完成这一创作任务。

作家深入小浪底工地创作还是第一次，得到了小浪底建设管理局领导的高度重视。

局领导进行了周密的安排，局办公室和党委宣传处的负责人陪同参观、采访，积极主动地为作家的创作活动提供热情细致的服务。

6 月 11 日，张贤亮从银川乘飞机抵达郑州，随后就马上赶赴小浪底工地。

张贤亮刚刚来到郑州，还没来得及拍去身上的风尘，就急着去观赏小浪底建筑的奇伟瑰丽，去领略洞群飞瀑的雄浑壮美。

张贤亮兴致勃勃地参观了截断千古巨川的拦河大坝、世界第一的进水塔群、窗明几净的地面中控室，还有堪称地下迷宫的地下厂房。

张贤亮在高高的大坝之上，眺望一望无边的浩渺湖水，在水库环抱的小山头仰望那巍巍的"黄河之门"，在90多米的地层深处凝听发电机飞旋的欢歌。

工程的宏伟气势，给作家的艺术创作倾注了满腔激情，使其胸襟鼓荡，袍袖生风。

短短的4天，是紧张又繁忙的4天。

张贤亮走访了工人、机长、外商聘用的中方员工和营地行政经理，他走进CIPM的办公室拜访过加拿大咨询专家，他采访了建管局领导，请教过老一辈的总监和新一代的监理工程师……

张贤亮一边问，一边记，一边录音，像一只不知疲倦的蜜蜂在生活的花丛中采撷甘露，像一位追随改革的探索者捕捉时代的强音。

张贤亮从众多采访对象的谈吐中，看到中西方文化的差异并不是与国际接轨的障碍，从而对中国即将加入WTO充满信心。

张贤亮沿着他那奔放的超前思维，揣摩出他一直放不下的一个疑虑：小浪底工程全方位与国际接轨的先进管理模式将怎样保持？"小浪底经验"将如何才能推广到社会上去？中国的企业将以什么样的准备迎接WTO的到来？

这，恐怕也是张贤亮此行采访的着力点。

张贤亮以他独特的视点、丰富的生活体验和深厚的文化底蕴，创作出《牧马人》、《情感的历程》、《灵与肉》和《男人的一半是女人》等深受国内外读者喜爱的文学作品。

这些优秀作品，使张贤亮成为广大读者喜爱的文学作家。

张贤亮对水利并不陌生。1998年，他曾深入长江、洞庭湖抗洪第一线创作，发表了题为《挽狂澜》的报告文学，受到了社会各界广泛的好评并得到国务院领导的表扬。

张贤亮透露说："经过4天的紧张采访，有关文章的谋篇在心，布局已定。"

2002年1月18日、1月25日、2月1日和2月8日，《中国水利报》上分别刊登了张贤亮写的《国际接轨第一功——小浪底随想（一）（二）（三）（四）》，他在文中写道：

> 当我坐在河南一个名叫济源的地方，端起意大利瓷具啜着纯正的意大利咖啡的时候，骤然涌起一种奇妙的感觉。
>
> 豫西峡谷夹着黄河，山峦起伏，两岸陡峭，极目远望是常见的中原村落，鸡鸣狗吠，炊烟袅袅，一派典型的中国式农村景象。
>
> 然而我的周围却仿佛是路过罗马近郊见过的建筑群。红砖平房错落有致，小径曲回，细沙铺地，杂花生树，干净整洁，别有一番洞天。
>
> 接待我的是一位来自四川的普通农村青年，

只读过高中，照料住在这座营地的意方人员生活。他说他在小浪底工地上已积累了四年为外商服务的经验，基本上学会了用英语跟外国人交谈，他回家乡后，将到一所四星级酒店应聘大堂经理的职位。他自信而乐观，预测他将会每月有四千元人民币的收入。

……

我闻到从营地厨房里飘来阵阵洋葱、胡椒和新鲜的法式面包的香味时，我微笑了，我完全相信这个四川农村青年能实现他的理想，还有更多的中国人会改变他们的命运。

……

经过一次次碰撞，小浪底人终于明白了：与国际接轨不是说说而已，接轨的唯一准则就是按合同办事。被索赔的小浪底人这次真正学到了学问。他们逐渐熟悉了国际的施工方法，也学会了规范化生产，学会了投资约束机制。

在小浪底工地，再也看不到随意码放的钢筋水泥等材料了，即使是混凝土搅拌车收工后也洗刷得干干净净，排放得整整齐齐。

……

中国人是非常精明的，观念一旦转变，学会了国际通行的科学管理和规范化的操作，不但完全按合同办事，规避索赔，并且也学会了

反索赔，即向外商进行索赔。更重要的是，中国工程人员在国际通行规则的运行中还发挥了中国特色，创造了"成建制引入施工队伍"的成功经验。这种经验并不与菲迪克条款的某一具体条目吻合，但却是大见成效。权威国际咨询专家说，菲迪克条款在 1957 年问世，至今已修改到第四版，也许在第五版、六版中，会出现一条小浪底工程引发出的新条目。与国际接轨，在小浪底开始出现双向相接的苗头。

……

小浪底工程通过初步验收

2002 年 12 月 5 日，经过 11 年的艰苦努力，举世瞩目的黄河小浪底水利枢纽工程圆满完成各项主要建设任务，顺利通过水利部主持的工程竣工初步验收。

张基尧出席会议并发表讲话。

高安泽总工程师宣读了《小浪底水利枢纽（工程部分）竣工初步验收工作报告》。

初步验收工作组由水利部与河南省、山西省政府有关部门负责人以及工程项目业主、设计、监理和特邀专家 50 余人组成。

在第一阶段技术预验收的基础上，验收工作组经过几天的现场考察、查阅资料、听取汇报和分组讨论，形成了《小浪底水利枢纽（工程部分）竣工初步验收工作报告》（以下简称《验收报告》）。

《验收报告》认为：

> 小浪底水利枢纽工程建设，符合基本建设程序。工程等别、建筑物级别、洪水标准及地震设防烈度符合现行规范要求。
>
> 枢纽泄洪建筑物能满足水库泄洪、排沙要求。水库蓄水运行以来，在防洪、防凌、减淤、

灌溉、供水和发电等方面已经初见成效。

同意小浪底水利枢纽工程部分通过竣工初步验收，并建议该工程施工质量等级为优良。

张基尧在讲话中，首先代表水利部对小浪底水利枢纽工程部分通过竣工初步验收表示热烈祝贺，并对参加这次验收的各位专家和代表几天来的辛勤劳动表示真诚的感谢。

张基尧说：

在小浪底工程的建设过程中，各方面专家学者起到了技术支撑和工程建设的骨干作用。小浪底建管局组建了技术委员会，由国内众多的知名专家和学者参加，并且聘请了资深专家作为技术委员会的顾问。

多年来，技术委员会及其专业委员会在小浪底工程的建设管理等各个方面，提供了重要的技术支撑和技术保障，解决了诸多的技术难题，使小浪底工程建设克服了一个又一个困难，赢得了一个又一个胜利，其功绩是不可磨灭的。

这一好的组织形式在小浪底以及今后的水利工程建设中要给予借鉴和不断的完善。

张基尧接着说：

这次初步验收，对小浪底建管局和黄河治理委员会设计院来说，是极大的鼓舞和鞭策。

在验收工作中，各位专家给予小浪底工程较高的评价，工程建设进度、质量和投资控制都是良好的。

尤其是在工程质量上，初步验收组建议工程施工质量等级定为优良，这一结论体现了验收组的各位专家和代表对小浪底工程建设、工程设计的充分肯定。

同时，专家组又提出了 15 项建议，这些建议都是非常重要的，希望认真落实，提出具体实施措施。

要重点抓住 5 个方面的问题：一是渗水问题；二是运行调度问题；三是监测和成果分析问题；四是移民问题；五是工程财务决算问题。

张基尧强调指出：

要充分发挥小浪底的资源，为水利工程建设和水利事业发展作出更大的贡献。

小浪底工程是黄河治理的一个关键性工程，也是一笔巨大的财富。既包括有形的工程实体，也包括在工程建设中积累下来的建设经验和培育出的一大批人才。

对工程实体来说，小浪底水利枢纽将为今后的黄河治理，下游的防洪、减淤、调水调沙，提供重要的工程保证。

张基尧最后指出：

小浪底工程初步验收已经通过，这为小浪底建管局和黄河治理委员会设计院走向市场提供了有力的保障。

小浪底建成以后，还有西霞院工程，还有其他的水利工程，希望小浪底建管局和黄河治理委员会设计院把通过初步验收作为一个契机，认真总结在小浪底建设和设计过程中的经验，加强内部管理，提高市场竞争能力，赢得更大的水电建设市场份额，为水利水电建设作出更大的贡献。

殷保合撰文评价小浪底工程

水利部小浪底水利枢纽建设管理局局长、党委书记殷保合撰文《继承黄河文化再创小浪底文化的辉煌》，纪念自己和广大建设者一起在小浪底的日子，并对小浪底作出自己的评价。

殷保合写道：

小浪底主体工程一开始，就打破了以往"各占一方""自成一统""封闭式"的管理文化体制，引进国际竞争性招标，招揽国际和国内一流的承包商联合承建，在工程建设中引进、吸收国外先进的管理文化并创造出中国特色的管理文化模式。

……

来自全国的 22 支施工队伍上万人马云集小浪底，没有住处，就支帐篷、搭工棚，夜宿荒山野岭；没有吃的，一日三餐方便面；没有水，就借老乡牛车到山下黄河里取水；没有电，就用墨水瓶自制煤油灯……小浪底人大干苦干两年，以"三年任务两年完成"的优秀业绩，通过了世行专家团 15 次严格检查和正式评估。40

多年来几代治黄人的梦想终于变成了现实。

主体工程开工伊始，人们普遍认为，外商有先进的设备和技术，有权威的"菲迪克"条款，小浪底工程建设准会一帆风顺，万事大吉，何况业主与国际承包商只是合同往来，没有行政隶属关系，小浪底建管局党委的工作已失去了对象。针对人们的迷惑，局党委理直气壮地提出：党的领导不能在小浪底形成空白。

……

小浪底水利枢纽承担防凌任务后，通过科学运用，黄河下游连续9年没有发生凌汛。"凌汛决堤，河官无罪"，数千年来宣称不治的下游凌汛威胁基本解除。

小浪底作为调水调沙控制系统的龙头，积极配合黄河水利委员会先后进行了7次调水调沙，约6亿吨泥沙被冲入大海，减淤效益明显；黄河下游主河槽全线冲刷，过洪能力明显提高，为解决"二级悬河"日益恶化的趋势开辟一条有效途径。水利专家赞叹："这是一个了不起的奇迹！"

……

小浪底文化在传承中发展，在发展中再创辉煌。

2007 年 1 月 30 日，《学习时报》上刊登了殷保合撰写的《人水和谐，润泽千秋——水利部小浪底建设管理局建设和谐企业的实践》，他在文中写道：

> 60 年来，人民治黄的脚步越来越坚定，越来越坚实。在规划完成 9 座坝的修建后，1991 年，随着河南济源王屋山下一声震耳欲聋的炮响，举世瞩目的黄河小浪底工程破土动工，积蓄几十年的宏伟设想开始付诸实施。无数的建设者从祖国的四面八方赶来，投入到这场波澜壮阔的伟大战斗中。
>
> ……
>
> 遥想 50 多年前，一代伟人毛泽东从长年战争留下的废墟中走来，望着浑浊的黄河水，发出了"要把黄河的事情办好"的指示。从那时起的 40 多年里，成千上万的治黄专家为了小浪底工程做了精心勘探设计。1991 年工程开始动工，历时 11 年，在广大建设者的努力下，工程建设取得工期提前、质量优良、投资节约的优异成绩。
>
> ……

竣工验收

记者参观小浪底工程

2008 年 9 月 9 日，记者乘车进行了小浪底之行。

小浪底大坝位于郑州市以西 120 公里的黄河干流上。

汽车行驶在高速公路上，沿途的指路牌依次闪过一个个心仪已久、耳熟能详的名字：大禹治水的邙山、早期商代的遗址偃师二里头、武王伐纣的誓师地孟津、出现过"河图""洛书"的伊洛河等。

而小浪底所在地济源，则相传是黄帝的诞生地，是大禹为黄河开辟的最后一个峡谷，也是"愚公"的故乡。位于库区的渑池，更是中华文明最主要源头仰韶文化的发祥地。

这些都似乎告诉人们：当代的水文化传承与今天小浪底文化有着某种穿越时空的生命力。

记者当时想到："小浪底企业文化建设的兴盛，应该是浸润了几千年的中华文化传统。"

大家走进位于郑州市紫金山路的小浪底建设管理局，就深切地感受到了浓厚的文化气息。

大家看到，由三条蓝色曲线和一个圆球组成的企业标志随处可见，三条曲线代表黄河及其翻起的浪花，中间的球形突出了小浪底在黄河上的枢纽控制地位，简洁抽象的图像和清晰明确的解释，能在第一时间给每一个来访者十分明晰的印象。

统一设计的企业形象标志，蕴藏于每一个工作的细节之中，从工作证到文件夹、从茶杯到座位牌、从邀请函到手提袋，都渗透出浓浓的水文化气息，也使人感受到现代企业的文化氛围。

当时，只要打通任何一部小浪底职工的办公电话或移动电话，在耳边会统一响起"欢迎致电水利部小浪底水利枢纽建设管理局……"的彩铃，让人真正感受到现代文化的亲切、和谐、诚挚。

记者翻开办公室里的报纸，打开小浪底的网站，充满本土气息的水文化风格，形成一种强烈的视觉冲击，让人看到局旗、局徽的闪耀，让人听到局歌的豪迈。

从 2004 年起，管理局根据一些企业成功经验和职工提案，举全局之力，聘请全国知名策划公司，对企业形象进行全方位包装，制订了企业文化五年发展纲要，并编制成精美文化手册交到每位职工的手中，他们的企业文化活动也由此进入规范化、标准化的范畴。

记者评价说：

> 细微之处显精神，一点一滴见文化，小浪底把水文化的精神之魂融进了企业的现代化创造之中。

小浪底的文化建设，从 1991 年的施工准备开始，经历了开工兴建和运行管理几个阶段，其间，迎接了一系列世界性技术难题的挑战，接受了世界银行和发达国家的先进技术和先进理念，面临过严重误工和巨额索赔的阵痛，最终交出了一流质量工程、一流环境工程和一流民生工程的圆满答卷。

而由此诞生的文化和理念在高质、一流的工程建设中，深深植根于每一个小浪底人的心里，并发扬光大，与大坝的雄伟一同见证建设者的人文魅力和精神感召。

大家走在坝区每一条路、每一个区，都感觉到是那么干净整洁，规划井井有条，看不到一般电站坝区的嘈杂，也没有一般景区常见的废弃物。

记者在临睡前，随手翻了翻建管局在 2006 年编写的思想政治工作文集《化雨春风》。

不知是不是巧合，窗外也淅淅沥沥地下起了小雨，使原本安静的坝区显得更加静谧。

长时间身处喧嚣的闹市而早已远离的那份"冷雨敲窗夜读书"的悠闲宁静，似乎又蓦然回归到人文的本性之中。

第二天一早，雨仍然下着，小浪底建管局党办的刘红宝副处长专门从有关部门开来了通行证，既当司机，又当导游，带着大家开始了半天的"文化之旅"。

大家此行的第一站，是爱国主义教育大厅，沿途必须经过拦河大坝。

大家在长江上跑多了，总认为大坝应该是碾压混凝土制造，要布置泄洪、发电和通航的设备。

因此，他们陡然见到这个高 100 多米、全长 1667 米的黏土斜心堆石坝的时候，多少有些吃惊。

刘红宝笑着说：

> 如果说使用黏土堆石坝可就地取材，方便施工、节省投资，体现了人类智慧的话，那没有通航建筑物就是实实在在的尴尬。
>
> 祖国的第二大河，我们中华民族的母亲河，因为水太少，建坝前已经连续多年断流，基本灌溉用水都难以保证，何谈舟楫之利。

大家由此也顿然感悟到：

> 要像善待母亲一样善待黄河，珍惜她并不丰盛的水资源，维系她的健康生命。

爱国主义教育展厅位于大坝南端，这座面积约 700 平方米的展厅分鼓舞篇、黄河流域概述篇、战略篇、战役篇、科技篇、旗帜篇、移民篇、荣誉篇、使命篇等部分，是遵照江泽民同志的指示于 1996 年修建的，在 1997 年截流前建成并对外开放。

此前，记者曾通过报纸、网络以及宣传材料知道小浪底工程的一鳞半爪，但距形成系统认识尚有差距。

大家进入展厅，仿佛跨进了一段尘封的历史，一块块镶有党和国家领导人题词的铜牌、一幅幅发黄的历史图片、一段段激情的文字，记录下小浪底工程从构想到决策、从施工到管理的漫长历程。

他们看到：中央首长的关怀，水利部和地方政府的支持，建设者的拼搏奉献以及移民们舍小家、为大家的牺牲，构成了那个激情岁月的主旋律，也成为激励人们爱国之心、报国之志、效国之行的良好教材。

展厅建设的1996至1997年，正是小浪底施工极为关键、极为困难的时期，导流洞标段因为塌方不断，严重误工，以外商为主体的承包商提出巨额索赔，并要求截流推迟一年进行，小浪底面临着40亿元的经济损失，更将面临难以想象的国际影响。

当时，水利部作出了"砸锅卖铁"也要保证按期截流的郑重承诺，来自全国各地的水利企业放弃新春佳节。

在除夕之夜齐聚工地拉响了为期一年的赶工高潮，最终力挽狂澜，硬是从"塌方的死神"中抢回损失的11个月工期，保证了截流的按期进行。

在赶工高潮一浪胜过一浪的情况下，小浪底建管局仍不放松文化建设。

他们在兴建展厅的同时，还建了工程模型、拍摄电视专题片《大河起宏图》、出版书籍《沸腾的小浪底》，并运用多媒体技术制作了反映工程建设全过程的全景式演示系统。

最终，这些都赶到截流前夕按期完成，其间体现出的强烈时代责任感和民族自豪感，确实令人尊重。看到这些，记者们耳边仿佛响起了豪迈呼声：

在世界面前，我们是中国人；在中国人面前，我们是小浪底人。

离开展厅后，大家来到了坝下的生态保护区，这是工程建完后利用废弃河道修建的生态公园。

在工程兴建初期，小浪底建管局作出了"建成一流环境工程"的承诺，并在国内首次引进施工环境监理这一全新概念，不惜代价地将工程对环境的不利影响降低到最小限度。

工程建完后，他们又因地制宜，对环境进行绿化、美化和综合整治，在废弃的旧河道上植树种草，修了飞瀑、喷泉、花架走廊以及拥有数十亩水面的湖泊和数百米长的索桥，使往日荒凉的河道成为绿草茵茵、舒适宜人的园林。

这里既是游人参观的景点，也是坝区职工放松身心、调养性情的场所。

而区内兴建的工程文化广场和雕塑广场，又成为小浪底人文化建设的绝好平台。

工程文化广场就在大坝正下方，除摆放了一个大坝断面模型外，还特别摆放了一台钢模抬车和一台意大利产的"佩尔蒂尼"自卸载重汽车。

截流大坝在左岸山体的洞群施工中代替传统的木模浇筑工艺，不仅提高工效，还确保了浇筑质量，为导流洞加快施工、保证截流立下了赫赫战功。

而载重量达65吨的"佩尔蒂尼"自卸汽车作为拦河大坝土石填筑的主力，在7年的工期内上下往返，运土运石，是一台先进的现代化机械，更是一头不知疲倦的"老黄牛"。

小浪底工程由于大量利用先进的技术和设备，因此从一开始就站在很高的起点上，建管局将钢模台车和"佩尔蒂尼"放入工程文化广场让人观赏，体现了对现代科学技术的重视，更表达了他们对于无数默默无闻奉献者的感激与敬仰。

"建设者之歌"雕塑广场是为参建各方修建的，在坝下保护区的最下游，亚洲最大的消力塘边上，从这里可清晰看到泄洪洞、排沙洞和电站的尾水洞的出口，是观摩排水排沙的好地方。

大家看到，广场中央是"三足鼎立"主体雕塑，3根高约21米的支柱分别代表业主、设计、施工三方，雕塑从不同角度看都像英文字母"H"，代表着黄河的第一个拼音字母。

在雕塑周围，还竖立有6座高约6米的雕塑，分别代表设计、监理和一、二、三、四标的承包商，各雕塑都根据自己对象的性质采用不同的造型。

而且，他们还为移民专门树了一座碑，体现了对支援工程建设而舍小家、为大家的移民的敬意。

最后，大家参观了地下厂房及中控室，这里位于两个广场之间，但由于是整个工程的核心地域，一道铁门将其与外面的旅游区分隔开来，值班的武警在核实接待通知单后才允许他们进入。

中控室内宽敞明亮，但只有两名工作人员，一人盯着眼前的电脑，另一人翻看着手中的记录本，远没有想象中的热闹非凡。

记者作为外行，对黄河上最大的水电站的中央控制如此"轻描淡写"多少有点担心。

刘红宝解释说：

> 小浪底电站的软硬件设备都是在国际招标中优中选优的，发生故障的概率很小，一般情况下只需少数工作人员面对屏幕、轻点鼠标便可掌握电站的实时情况。
>
> 但一旦出现异常情况，建管局在第一时间就能集中精干力量出现在现场。随时解决各种问题。
>
> 而且，由于电站实行的是地上监视与控制，中控室与地下厂房的垂直高差达百米左右，因此完全摆脱了机组运行时环境潮湿、噪声大、粉尘重的困扰，职工在此如身处花园，身心愉

悦，工作效率自然大大加强。

他们随后乘高速电梯进入地下厂房，仍然不见潮湿、粉尘和噪声污染，机房内一尘不染，整洁明亮得如同大型宾馆的礼堂，除了一名值班的武警，空无一人。

规模庞大的地下小浪底厂房日常管理如此"举重若轻"，让人不得不惊叹科技的力量，也为建管局注重环境建设、以人为本的科学发展观而折服。

大约12时，大家此行的参观基本结束。午餐过后，他们驱车赶回郑州。

临别时，建管局给记者们赠送了一套宣传材料，里面除《化雨春风》外，还有一本画册、一本文化手册、一套五张宣传光碟，建管局在一个月前刚刚开了科学表彰会，他们也整理出了相关材料，充分体现出他们工作的细致、全面与及时。

记者在小浪底坝区的时间不到一天，真正参观只有4个小时，但却大大加深了他们对小浪底人和企业文化建设的认识。

小浪底是在黄河下游最后一个峡谷上兴建的具有综合效益的大型水利枢纽，在全国水利系统中仅次于三峡工程，其构想、决策、施工准备、正式开工乃至截流时间都与三峡工程保持着高度的一致性。

记者们想：作为全国水利系统第一个全面与国际接轨的工程，它经历了先进科技、先进管理和先进理念的洗礼，也曾一度陷于困境，但最终咬牙坚持了下来，做到了质量优良、工期提前和资金节省，圆满完成了工程建设的任务。

此后，他们及时将核心价值观由"建设一流国际工程"转变为"一切为了广大人民的利益"，此后又提出了"两个上帝"的概念，将维护黄河的健康生命视为整个小浪底的根本利益。

小浪底的建设，将从根本上改善黄河中下游的防洪、防凌局势，缓解泥沙淤积过程，保证耕地的灌溉率。为了实现这些效益，小浪底人作出了无私的奉献，在枯水的时候，要慷慨地向下游供水，保证黄河不断流。

在丰水的时候，要服从上级调水调沙的指示，以数亿元的代价为黄河治疗"肠梗阻"。在小浪底这里，社会责任远大于企业盈利，黄河健康远重于枢纽运行，长远的社会效益优先于短期的企业行为是无可争议的"定理"。

在建成一流质量工程、一流环境工程的同时，更要把小浪底工程建设成让人民放心的社会责任工程，不仅是他们的豪迈承诺，更是一以贯之的基本理念。

中国有句古话："海纳百川，有容乃大；壁立千仞，无欲则刚。"

记者了解到，小浪底人坚持了正确的价值取向和企业发展理念，因此赢得了全局内外的广泛共识，先后获得"全国优秀水利企业""全国五一劳动奖状""全国文明单位"等多项荣誉称号。

广大职工凝心聚力、勤奋学习、钻研业务、爱岗敬业的行为蔚然成风，企业与职工、职工与职工之间关系融洽，相处和谐，企业的各项事业和文化建设自然是持续进步，节节高升。

刘红宝曾经感慨地说：

小浪底人情系大河，以维持黄河健康生命为己任，将"确保枢纽安全"视为生命，同时在他们的文化理念中流淌着大河的品性！

由此，记者开始明白了国家在并不宽裕的情况下，投入巨资，甚至不惜举债兴建这座以社会效益为主的水利枢纽的良苦用心。

记者也衷心祝愿：

愿小浪底工程建管局能够百尺竿头，更进一步，汲取深厚的中州文化与国际先进经验融为一体，继续发挥更大的社会与经济效益，为黄河的健康生命作出更多、更大的贡献。

验收前专家考察小浪底

2008 年 12 月 16 日，81 岁的两院院士潘家铮利用小浪底工程竣工技术预验收会议的间隙，决定再次考察现场。

潘老轻车简行，随同人员除了小浪底建设管理局总工程师张利新，只有几名技术和医护人员。

16 日 9 时 30 分出发看现场，潘老按捺不住激动的心情，就提前 5 分钟打开房门，在客厅静候一同前往的人。

此时正值隆冬时节，黄河故道寒风刺骨，潘老在医护人员的搀扶下，步入南岸山底下 2 号灌浆洞，边走边听介绍，看着洞内清澈的渗水在排水沟流淌，潘老停下脚步，问坝肩渗水量是否在正常范围，水质情况怎样，是否对混凝土建筑物造成侵蚀等。

技术人员一一做了回答。潘老不放心，蹲下身子，掬一捧冰凉的水仔细观察后，方才点点头离开。潘老严谨朴实的作风，令陪同人员动容。巨变后壮美的小浪底，让老人家的心情久久难以平静。

潘老的秘书却显得神色紧张，他悄悄告诉随同的记者，潘老刚刚手术后出院，千万别着凉。

潘老秘书介绍说，潘老住院期间，接到小浪底工程验收会议的邀请，就愉快答应了，这是他出院后的第一次出差。由此可见潘老对小浪底非同一般的情怀。

作为我国著名的水利权威人士，潘老自始至终关注着小浪底工程。

那是 1996 年 7 月，小浪底工程建设处于截流前最关键的时刻，潘家铮和张光斗、李鹗鼎、陈赓义、罗西北等 5 位著名专家应邀成为小浪底工程技术委员会顾问，为工程建设出谋划策，他们为此提出了许多宝贵建议。

记者采访潘老，潘老话语不多，对采访所提问题并未当面详谈，而是事后亲笔写出答案，托秘书转交给记者，这充分体现了老一代专家认真负责的态度。潘老写道：

> 黄河是世界上最复杂的河流，小浪底是世界上最具挑战性的水利工程之一，真正能干好，将是一个奇迹。
>
> ……
>
> 虽说工程地质条件复杂，技术难题很多，但我认为工程最困难的时期已经过去。

潘老的客观评判，既体现了我国水利专家的自信，也给了工程建设者极大的鼓舞。小浪底工程如期实现了截流目标。

走出灌浆洞，接连察看了量水堰等监测点，潘老精神抖擞，毫无倦意。冬日的阳光照在位于黄河故道的坝

共和国故事·壮丽篇章

后保护区，湖水清澈，树林茂密，潘老顺带参观了工程设备展区和纪念广场。

一辆载重 65 吨的"佩尔蒂尼"自卸车停放在展台，潘老走上前去拍拍巨大的车轮，自言自语：这个是立了功的。跨越木拱桥，绕过湖心岛，穿过九曲桥，潘老一行来到湖畔草坪前，只见湖面喷薄而出的水柱，在阳光的折射下，形成一道美丽的七彩虹，与背后巍峨的小浪底大坝相映成辉，令人流连忘返。建一座工程，留一处景点，几代水利人追求的梦想终于变成了现实。

潘老在验收会开幕式上说：

> 小浪底枢纽已基本实现了防洪、防凌、减淤、供水、灌溉、发电等全面的综合效益，保证了下游河道年年安全，刷深了河道的主槽，进行了调水调沙试验，并且为地区经济、社会发展提供了宝贵的水资源和清洁的能源，还取得了显著的生态环境效益，这是治黄工程中的重大成就。这一史诗般的成就来之不易，将载入史册。

此情此景，再次触动这位院士科幻作家的情怀，潘老整整衣服，欣然留影纪念。

随同的青年技术人员想与潘老合影，他以慈祥的目光、微笑的表情予以配合。潘老对小浪底青年科技人员十分关爱。

那是 2005 年 9 月，小浪底建设管理局召开首届科技会议，潘家铮院士专程参会，做了题为《认识河流，开发河流，与河流和谐发展》的专题报告，他感慨地说：

> 看到小浪底的科技精英都是 30 来岁的青年，感到既美慕又高兴，你们赶上了科技兴国的好时代。

潘老向青年科技人员提出了四点希望，即要有一点事业心；要有一点上进心；要下决心打好基础；要善于发现问题，提出解决问题的方法，这四点希望成了小浪底青年人的座右铭。

这次小浪底工程技术预验收会议发给专家的资料重达 13.5 公斤，而潘老每天一进房间，就是看资料。他把资料分门别类，摆放得整整齐齐，便于查阅。

时间过得很快，不知不觉三个半小时过去了，潘老登上坝顶观大坝变形，进厂房查地下工程，上中控室看发电输出，一路走来，问长问短，兴致盎然，不知疲倦，一点也不像刚刚出院的八旬老人啊！

小浪底工程通过验收

2009 年 4 月 7 日晚，郑州北郊，黄河迎宾馆会议中心，国家发改委副主任穆虹宣布：

竣工验收委员会同意黄河小浪底水利枢纽工程通过竣工验收。

瞬间，掌声响彻梁宇，经久不息。人们手掌都拍疼了却还不愿停下来，眼眶闪烁着泪花竟然浑然不知，这一切，都因为那魂牵梦绕的 3 个字：小浪底。

4 月 6 日至 7 日，国家发展和改革委员会、水利部在河南郑州主持召开黄河小浪底水利枢纽工程竣工验收会议，通过了小浪底工程竣工验收。

由国家发展和改革委员会、水利部、财政部、科学技术部、环境保护部、农业部、国家林业局、中国地震局、国家档案局、国家开发银行、中国建设银行、河南和山西两省人民政府及相关部门代表和有关专家组成的小浪底工程竣工验收委员会，现场考察了小浪底工程和移民项目，查阅了相关资料，观看了工程建设声像资料，听取了工程建设管理工作报告、移民管理工作报告、竣工验收技术鉴定报告、技术预验收工作报告。

竣工验收委员会经过充分讨论，形成了《黄河小浪底水利枢纽工程竣工验收鉴定书》，同意小浪底工程通过竣工验收。

竣工验收委员会认为：

小浪底工程已按照批准的设计内容按期建设完成，工程质量合格；投资控制有效，财务管理制度健全，会计核算规范，竣工财务决算已通过审计；征地补偿到位、移民得到妥善安置；征地移民、水土保持、环境保护、工程档案、消防、劳动安全卫生等已通过专项验收；运行管理单位落实，制度完善，具备工程运行管理的条件；工程经受了初期运用的考验，运行正常，发挥了显著的防洪、防凌、减淤、供水、灌溉、发电等社会效益、生态效益和经济效益。竣工验收委员会同意黄河小浪底水利枢纽工程通过竣工验收。

竣工验收是国家基本建设的重要程序，是确保工程质量和安全的重要环节，是对工程建设管理、投资及效益的全面总结。

从2002年至2008年，小浪底工程先后通过了安全技术鉴定、工程及移民部分竣工初步验收和水土保持、工程档案、消防设施、环境保护、劳动安全卫生等专项验收。

2008 年 12 月，小浪底工程通过了由国家发展和改革委员会、水利部共同主持的竣工技术预验收。

此时，窗外已是华灯初上。远在百公里外的黄河小浪底水利枢纽工程，静谧中巍然屹立。

有人发出诗人般的慨叹：

小浪底啊小浪底，春风送来的掌声你可听到？

天空映衬下的泪光你可看到？

它是送给你的，它更是送给数以万计怀抱你从襁褓走向壮年的设计师、建设者的。

他们把青春留在了这里，他们把智慧洒在了这里，他们更把美好的记忆和祝福融进了这里，他们有一个共同的名字：黄河小浪底人。

位于河南孟津和济源黄河峡谷的小浪底村，半个世纪前还不为人们所知，而今天，一座历经 50 多年勘测论证、艰辛建设与初期运用的治黄世纪工程，已让"小浪底"这个名字蜚声中外。

小浪底位于黄河最后一段峡谷，控制着黄河 92.3% 的流域面积、90% 的水量和近 100% 的泥沙。

专家介绍说：

这就意味着，治理黄河为害的洪水、泥沙，很大程度上要倚重小浪底工程，这也是国家将其开发目标确立在以防洪、防凌、减淤为主的原因。小浪底同时兼顾供水、灌溉、发电，蓄清排浑，除害兴利，综合利用。

在整个黄河治理开发与管理进程中，小浪底水利枢纽是一座具有战略性意义的控制性工程，是一颗举足轻重的棋子，淤粗排细拦减的泥沙，可为上中游水土保持争取 20 年的宝贵时间，并通过以其为主的调水调沙，有效扩大黄河下游河道过洪能力，输沙入海，缓解"悬河"之危。

小浪底水利枢纽是治理开发黄河的关键性工程，属国家"八五"重点项目，工程于 1997 年截流，2001 年底竣工。

小浪底位于河南洛阳以北 40 公里的黄河干流上，上距三门峡水库 130 公里，下距郑州花园口 115 公里，是黄河干流三门峡以下唯一能够取得较大库容的控制性工程。

小浪底水库位于穿越中条山、王屋山的晋豫黄河峡谷中，库区全长 130 公里，总面积 278 平方公里。小浪底大坝截流后，晋豫黄河峡谷与库区的柏崖山、红崖山、黄鹿山等 20 多个风景点及雄伟的水库大坝交相辉映，形成湖光山色、千岛星布、"高峡出平湖"的自然景观，使得小浪底水库同时成为由山水自然风光和水利工程组成的大型旅游区。

小浪底水库内大量的半岛、孤岛、险峰，使自然景观近有曲折蜿蜒的河湾，远有烟波浩渺的湖面。从码头登舟，击水搏浪，出入高峡平湖，观赏沿岸山水风光，尽情领略母亲河的风采，以景观上的美、幽、奇、胜、典满足人们高尚的享受和回归自然的追求，在风格上既有田园风情的古朴典雅，又有现代时尚的豪华气魄。

黄河三峡是小浪底与王屋山所孕育的精华，位于小浪底水库大坝上游20公里处，总面积40平方公里，是小浪底风景区的精华所在。

八里胡同位于黄河中下游最窄处，两岸断壁如削，中间河水奔涌，三条峡谷各具风采：孤山峡鬼斧神工，千仞壁立；龙凤峡盘龙走蛇，曲折迂回；大峪峡开阔舒展，气象万千。特别是九蹬莲花栈，九蹬九级，次第升高，望之若莲花盛开，似出水芙蓉，号称"鲧山禹斧"。而且还有隋唐古栈道、陈谢大军黄河渡等多处丰富的文化胜迹，自然人文景点多达60余处，是我国北方少有的山水景观，完全可以和长江三峡媲美。

正是有了这么多精神和物质财富，许多后来人才深深理解，为什么黄河治理委员会老主任王化云在弥留之际仍对它念念不忘。

然而在黄河人中，像王化云这样对小浪底工程无法释怀的又何止一二。

从1953年开始，黄河治理委员会派出第一批工程技术人员到小浪底坝址进行现场勘察，到 2009 年 4 月 7 日，在长达 56 年的漫长岁月里，数以万计的国内外技术人员参加了小浪底工程的勘测、规划、设计、施工、运行等各个环节的工作。

特别是黄河治理委员会所属的工程勘测、规划、设计、科研单位和工程技术人员，为了圆梦小浪底，黑发人沿着白发人的足迹，一代接着一代传递着使命。

他们风餐露宿、前赴后继、呕心沥血、殚精竭虑，他们对小浪底工程的建设和各功能的发挥作出了不可磨灭的贡献。

黄河治理委员会主任李国英饱含深情地说："小浪底工程凝结了几代治黄人的心血，承载了几代治黄人的梦想。"

小浪底之名真正远播海内外，是在 1994 年主体工程开工之后。

呈现在建设者面前的，是被坝工专家们称之为中国"地质博物馆"的复杂地质状况。

在左岸单薄的山体内，要布置开挖大小不等 108 条隧洞，还有特殊的水沙条件，严格的运行要求，施工难度之大，技术要求之高，堪称世界坝工史上最具挑战性的工程之一。

而小浪底工程挖填土石方总量接近 1 亿立方米，若把它堆成截面为一平方米的堤墙，可绕地球两圈半！小浪底，考验着设计建设者的智慧，也在考验着他们的意志。

小浪底之名还来自同世界水电工程建设的全面融合与碰撞，由于该工程是我国利用世界银行贷款最多的项目，成为中国水电工程建设史上第一个全方位与国际惯例接轨的大型工程。

意、德、法三个国家为主的 3 个国际联营体，分别中标承建大坝工程、泄洪系统工程和引水发电系统 3 个土建工程。

同时通过国际招标选择了加拿大国际工程管理咨询公司为工程建设和合同管理提供咨询。我们不仅得到了来自世行的资金支持，更重要的是从中学到了先进的技术和管理经验。

小浪底工程自从投入初期试运行，它就没有让那些企盼的眼神失望。与三门峡等水库联合运用，黄河下游洪水威胁得到有效缓解，连续 9 年实现安全度汛；充足的防凌库容，也基本解除了黄河下游凌汛威胁。

作为黄河水沙调控的"龙头"，8 次调水调沙，5.4 亿吨泥沙被冲入大海，黄河下游主河槽最小平滩流量由 1800 立方米每秒提高到 3810 立方米每秒，下游"二级悬河"找到了突围的路径。

通过黄河治理委员会科学调度，曾经一年断流 266 天的黄河连续 9 年不再断流。

自 1999 年 10 月下闸蓄水到 2008 年底，累计向下游供水 1873 亿立方米，有效改善了下游供水条件和生态环境。

特别是 2009 年黄河流域大旱，黄河治理委员会调度小浪底水库为豫鲁两省送去了抗旱保苗的救命水。

国家发改委副主任、小浪底水利枢纽工程竣工验收委员会主任穆虹则指出：

> 小浪底水利枢纽是黄河干流最重要的控制性工程，它经历了几十年的勘测论证和 10 年的建设以及 8 年的初期运行，发挥了良好效益，比较好地达到了预期的综合效益，今后也将为中华民族的后代造福。

水利部副部长矫勇说：

> 小浪底建成以后的综合效益在世界上是一流的，对改善环境和生态保护作出了巨大贡献，它的建成是环境友好型工程的典范。

本书主要参考资料

《国史全鉴》 本书编委会编 团结出版社

《共和国五十年珍贵档案》 中央档案馆编 中国档案
　　出版社

《共和国要事珍闻》 郑毅 李冬梅 李梦主编 吉林文
　　史出版社

《三门峡人》 刘冠三编著 黄河水利出版社

《根治黄河水害开发黄河水利》 中华人民共和国水利
　　部办公厅宣传处编 财政经济出版社

《汽笛声声》 张殿华主编 甘肃人民出版社

《毛泽东休息的七天》 郭新法著 河南人民出版社

《沸腾的小浪底》 张善臣主编 黄河水利出版社